U0068603

# 時間的灰燼

## 現代文學短論集

徐錦成——著

推薦序

# 時間送來的禮物

馬森

錦成與文壇結緣甚早，他的短篇小說——後設的〈快樂之家〉，發表於一九八八年九月號四十七期《聯合文學》的新生代小說叢輯，當年的他是二十出頭的大學生。多數新人發表了一、兩篇作品後即消聲匿跡。錦成在研究所進修碩士、博士期間，甚至更悠長的學術研究與教學歷程中，仍堅毅寫作，三十二年四十四篇評論，見證台灣文壇三分之一世紀的出版媒體、著作、作家、書評、書市概況，他對文學創作、學術研究、藝文活動等文化的實際參與觀察，有著不間斷的熱忱，細緻關注並留下註腳。

以時間的長軸鋪排閱讀與評論空間的廣幅，調理視野和胸懷，變成家常的飯菜，十足珍貴！

這些書評論文先後發表在台灣重要的媒體：《文訊》、《更生日報／四方文學週刊》、《中國時報／人間副刊》、《中時晚報／時代副刊》、《台灣時報／藝文天地版》、《台灣時報副刊》、《聯合報副刊》、《全國新書資訊月刊》、《中國時報／開卷版》、《2002年第十屆台北國際書展Fnac專刊》、《自由時報／自由副刊》、《聯合報／讀書人版》、《中央日報副刊》、《自立晚報副刊》。作者沒有黨派嫌隙，不分城鄉與省籍，無地域歧見；也見選書取刊之睿智遠識，執筆評論持客觀寬厚，文字透著真切無私，三十年沒變。錦成試圖找著平衡時空拉距的支點——愛「文學」在「台灣」，我讀到的是這份不捨的心念和薪火的寄望！

此書五輯風貌卓然，每一輯皆有獨見和特色，文詞豐饒有味；將武俠、運動、電影、翻譯……融入文學寫作及批評，成為作者跨域探索的盛宴，帶來閱讀知性與感性雙重的享受，給讀者不同一般的清新體驗！

錦成與我呼應了文化進程和文學實踐的趨向：純文學／書市不死之路，唯有多元融合與破繭而出了。

今夏，錦成來信說他已升格為教授，自嘲學術研究即將駛到橋頭了，未來，他計劃回歸文學創作。壯年的錦成來日可期！盼他更多的新作問世！

錦成不是燦爛星空中一閃而過的流星，我看到的他，是持續發光發熱的一顆光明之星！

時間，或許最後會將一切化為灰煙，但還未燃燒殆盡前，可以好好聆賞並善巧運用時間，去抒寫刻劃風景，去論述經綸大業……，時間的過程千化萬變，精彩絕妙，還時有意外之喜，如時間變成了一首詩歌，一本書……，時間編織了一幅山水畫卷……。

時間，不停地醞釀著心中的盼望，我總期待一份驚喜……，不等其成灰！

——二〇二一年寫於維多利亞中秋

自序

# 我曾讀過這些書

這本書的出版源起，跟《時間的藝術——兒童文學短論集》（秀威出版，二〇一八年十二月）有關，在該書的〈自序〉中，我如此寫道：

這本書能編成及出版，對我是個意外。它從未在我的計畫中，卻還是做成了。

我很少整理舊作，但二〇一八年六月某一天，我為了要查一筆資料，竟不知不覺地整理起舊作。多虧了電腦，我近二十年所寫的作品都還找得到。這才發現，近二十年來我發表過一百多篇短論，形式包括導讀、書評、隨筆等，談的範圍很廣，但其中有一部分談的是兒童文學，篇幅足夠出一本書。

這就是這本書的由來，像是意外，卻又冥冥中自有安排。而如今我已忘記，當時我究竟要查哪一筆資料？

《時間的藝術——兒童文學短論集》收錄了五十二篇與兒童文學有關的文章，而我既然「發表過一百多篇」，當然還有另一半的篇幅足夠再出一本書。當時為何沒想到要一口氣處理兩本？現在也想不起來了。總之是自己不夠積極，過了兩年多才想做這件事。

常有學術界的朋友認定我是「兒童文學學者」，我自己並不以為然。因為我在進入兒童文學研究所之前，就對世界當代文學下過一番功夫。而畢業之後我開始研究運動文學，也花了十幾年寫出兩部專書（《運動文學論集》、《台灣棒球漫畫史論——運動文學論集2》）。兒童文學雖奠定我早期做學術的態度與方法，但並非我最關注的課題。

本書寫作期間是一九八八－二〇二〇年，共收四十四篇。最早的一篇是〈一支動人的高山歌謠——試評《最後的獵人》〉，刊於一九八九年一月二十七日《自立晚報副刊》；最後寫的一篇是〈從運動員素養到國民素養——讀《奧林匹克素養教育》〉，刊於二〇二〇年十月二十一日《台灣時報・藝文天地版》。但若依發表序來看，最晚的一篇是〈記蘭亭書店元年——懷念陳信元老師〉，刊於二〇二一年五月《文訊》。全書跨越三十二年，是我至今五分之三的人生。像這樣的書，今生難再有第二本了。

最初的〈一支動人的高山歌謠——試評《最後的獵人》〉是我就讀淡江大學中文系大四時修李瑞騰老師課的作業，他推薦給時任《自立晚報副刊》主編的林文義先生，刊登在當時的「自立書評」專欄。感謝兩位先生的提攜，他們願意讓一位大學生發表書評，對當時的我是莫大的鼓勵。

最晚的〈記蘭亭書店元年——懷念陳信元老師〉實際寫於二〇二〇年三、四月間，長約一萬字，投稿《文訊》後隔了一年才以七千字的刪節版發表。這篇長文乍看不符本書「短論集」的副標題，但該文談了十幾本書，也可視為對這十幾本書的短論。此外，如果我二〇一八年就與《時間的藝術——兒童文學短論集》同時出版這本書，這篇長文就不會收錄了，凡事皆有因緣，這又是一例。

書名取為《時間的灰燼——現代文學短論集》，是因為我越來越覺得，時間既是神偷、也是烈火，這幾十年來我讀過的書，大多數我都不記得了，這些文章是劫後的灰燼，證明我曾讀過、寫過。

我讀書的範圍很窄，十之八九都是文學。但因為文學的範圍很大，因此我讀的也很雜。（若依羅蘭・巴特的說法，文學是一切學科的總和，「因為一切學科都出現在文學的紀念碑中」。）近三十年來，我雖能掌握文學界的流行話題以及文學理論的潮流，但很少參與討論，通常也不感興趣。眾多人正在讀的書，我往往刻意避開。這本書雖然有談大作家，如村上春樹，但也討論妮娜・貝蓓洛娃這位在台灣毫無名氣的作家。沒什麼體系，但這是我的讀書方式，身在學術界，我很慶幸能自由自在讀了這些書。

本書中有兩篇討論妮娜・貝蓓洛娃，很可能是至今台灣唯二的兩篇。事實上妮娜・貝蓓洛娃引進台灣是我促成的，感謝當年時報文化出版公司願意信任我的推薦，洽談出版她的書。只可惜書籍銷售不佳，我也不夠用功，沒有繼續翻譯她的作品，因此她並未成為台灣讀者熟悉的作者。

妮娜・貝蓓洛娃被世人認識，法國「南方出版社」（Editions Acted Sud）居功厥偉。說件八卦，現任法國總統馬克宏（Emmanuel Macron）於二〇一七年以三十九歲當選法國史上最年輕的總統，第一次內閣的文化部長法蘭索瓦絲・尼森（Françoise Nyssen）即是當時南方出版社的社長。也只有像法國這樣的文化大國，才會任命出版社社長擔任文化部長吧。

這本書是我的舊作結集，書中有些觀點如今的我未必認同，把這些文章結集出版，對我既是紀念、亦是警惕。說句實話，我若能重讀一次這些書，再寫一次書評，絕對不會一樣。但過去的我畢竟也是我，無法一刀撇清。書中有幾篇我在最後加了新按語，多半也是交代文章來歷，並無意修正早年不成熟的論點。

書中各篇曾分別發表在《自立晚報副刊》、《中國時報・人間副刊》、《中國時報・開卷版》、《中央日報副刊》、《聯合報副刊》、《聯合報・讀書人版》、《文訊》、《更生日報・四方文學週刊》、《全國新書資訊月刊》、《自由時報副刊》、《中時晚報・時代副刊》、《台灣時報副刊》、《台灣時報・藝文天地版》……等處，謹向這些園地以及主編者致上誠摯的謝意。其中有多個園地已在這些年陸續消失，也是無可奈何的人間事。

如前所述，寫這些文章時，我並未有出書的打算，如今略依性質將四十四篇分為五輯。其中第四輯「有關運動」是我近幾年比較關心的領域。而第五輯「有關電影」雖無文學之名，但有文學之實，納入本書亦不算突兀。

感謝馬森老師為本書寫序。馬老師不僅是我博士論文（二〇〇六）的指導教授而已，我最早發表的短篇小說〈快樂之家〉刊於一九八八年九月號《聯合文學》，他即是當時《聯合文學》的總編輯，是開門歡迎我進入文壇的貴人。我何其有幸，與馬老師的緣分如此深厚。

舍妹徐錦慧繼《時間的藝術——兒童文學短論集》後，再度提供插圖，為兩本書增色不少，也在此致謝。

但願本書除了對我自己有意義外，對讀者也有參考價值。

CONTENTS

## 輯二：日本文學



## 輯三：西洋文學

## 輯四：有關運動

## 輯五：有關電影

# 輯一

# 華文文學

# 一支動人的高山歌謠——試評拓拔斯・塔瑪匹瑪《最後的獵人》

基本上，拓跋斯是一位具有強烈的自覺性與使命感、主題意識十分明顯的小說家。做為一個少數民族（布農族）的族人，且是截至目前為止，唯一可稱傑出的原住民小說家，在現今台灣這個漢族文化掛帥，而其他少數民族文化隱沒不彰的社會中，拓跋斯汲汲於「有話要說」的心情，我們自是不難理解。書中的八篇作品，或描寫傳統的山地風俗（〈最後的獵人〉、〈伊布的耳朵〉），或傳述古老的山地神話（〈侏儒族〉），或探討山地與平地之間的文化衝突（〈馬難明白了〉、〈夕陽蟬〉、〈懺悔之死〉），或表達原住民對其母土一往無悔的眷愛（〈拓跋斯・塔瑪匹瑪〉、〈撒利頓的女兒〉），或批判謬情悖理的「山地保留政策」（〈拓跋斯・搭瑪匹瑪〉、〈最後的獵人〉），或諷刺以矮化山地民族為能事的「大漢族沙文主義」（〈馬難明白了〉）；從這些作品中，我們發現，拓跋斯站在原住民的立場表達了他對原住民處境的關切與焦慮，因而形成他的作品之特色。

書名：《最後的獵人》
作者：拓跋斯・塔瑪匹瑪（田雅各）
文類：短篇小說集
出版社：晨星出版社
初版日期：一九八七年九月

在以作者的布農族本名為題的〈拓跋斯．搭瑪匹瑪〉一文中，作者透過文中角色在歸返山地的載客卡車中的對話，輕巧、機靈地討論了現今在強力的外來文化（平地文化）入侵下，原住民生活上所遭受到的種種鄙視、剝削和限制。輕鬆、詼諧的筆調下，透露出一層深沉的哀傷，造成了比直接的吶喊更有力的反諷，確屬一篇難得的佳作。

而做為本書標題篇的〈最後的獵人〉，則展現了作者非凡的敘事功力，將一個傳統獵人充滿智慧的打獵情形，活龍活現地在紙上演練了起來，生動、活潑的描寫文字，堪稱一絕。

當然，拓跋斯的作品並非毫無缺點。首先，他有時不免因急於陳述他的意見，而忽略了小說本身所該具有的藝術性。譬如〈馬難明白了〉一文中，馬難和其父親冗長、生硬、說教式的對話，顯然是作者的失控。幸好這種情形並不多見。其次，他慣於在文中「跑野馬」（例如〈夕陽蟬〉、〈撒利頓的女兒〉），過多不必要的枝節，突然減弱了作品的張力。第三，他為了凸顯小說的主題，致使筆下的角色常常是正邪分明的平面人物（例如〈馬難明白了〉、〈懺悔之死〉）；但過度典型化的人性，是否能有效地說服讀者，恐怕將是一大考驗。

然而，相對於這些缺點，拓跋斯自有其更大的、值得讓人期待的優點與特質，那就是他特殊的生活背景與文化根基。這個特質處處流露在他的作品中，而至少有下列兩點值得特別注意：第一、他熟悉許多古老的山地傳說與神話、傳統的山地風俗，以及特殊的山地生活習慣，而這方面的知識，是絕大多數非山地籍的作家所缺乏的。第二、他獨特的「布農語式」的語言，有一種特殊的、樸拙的美感。據拓跋斯的自述，他寫小說，是先在腦中以布農語思考，然後再用中文（漢語）寫出。（頁四）因此，他的文字自成一格，初看時或許會覺得彆扭，但細細品嚐之後，反會讓人感受到一股恍若山泉般的清涼與甘甜。

總之，做為作者的第一本小說集，拓跋斯已經展現了他不凡的寫作才華。並且，在現今處處朝向多元化發展的台灣社會中，這樣一本由原住民作家所寫出的「山地小說」，本身應該就具有一番特殊的意義。

——一九八九年一月二十二日《自立晚報副刊》

# 聽新井談日本文學——新井一二三的《可愛日本人》

這本書的封底寫道：「新井一二三透過一本一本的解讀，給了我們精神上的私小說。」概括了本書的兩種特色，一是論日本作家與作品（書名雖作「日本人」，但主要談的是日本文人），另一則是談作者個人的成長、戀情、飲食……等「私生活」。這是兩種乍看不太相關的題材，而作者卻能將兩者巧妙融合，顯現讀書在作者生活中佔有重要地位。讀這本書最大的愉悅，就是彷彿聽一位熟稔日本文學、文化的老友在說書——除了吸收知識，我們也透過這些文章，了解新井一二三這個朋友。

然而，儘管新井宣稱「閱讀如戀愛」，這本書畢竟仍不是一本純粹的抒情散文集。新井顯然是想扮演一位傳播者的角色，向中文讀者介紹日本文學（見「自序」），因為這個緣故，文章中有些獨斷式的評論便讓人無法苟同了。舉例來說，新井寫向田邦子那一篇（〈日本張愛玲〉），可歸納出三點意見，一是兩人都「像

書名：《可愛日本人》
作者：新井一二三
文類：散文集
出版社：大田出版有限公司
初版日期：二〇〇一年七月三十日

彗星一樣出現」，二是「都構成時尚，甚至風靡一時」，三為兩人都「成為傳說人物，至今有很多人念念不忘」。然而，新井沒考慮到的是兩人的差異性更大、更多。譬如，向田邦子五十二歲空難逝世時，正是當紅作家；而張愛玲孤獨度過晚年。又譬如，向田邦子以劇作家成名（寫小說是後期的事），她的電視劇本在她死後不斷被重拍，多數的日本人都看過她編的電視劇；但張愛玲編劇的電影很少人看過。再者，向田邦子的文字樸實，題材多取自庶民生活的家常，相當普羅，風格與張愛玲的華麗、蒼涼絕不似。說向田邦子是「日本張愛玲」，實在有待商榷。這樣的例子還很多，如說三島由紀夫「他不會不知道，自己把時代顛倒了，在人們眼裡，他很接近小丑。」散文家新井說得愈痛快，評論者／傳播者新井的說服力愈薄弱。而許多話題剛要開展已近尾聲，雖然我們能理解是受限於篇幅（原為副刊專欄），但遺憾仍是免不了的。

這本書也有一些資料上的錯誤（如邱永漢得過「直木賞」，而非「芥川賞」）及校對上的疏忽（如出現「直到本世紀中」這樣的句子），有些已有中譯本的書籍（如向田邦子《父親的道歉信》、松浦理英子《拇指P紀事》、徐林克《我願意為妳朗讀》），作者另譯書名也徒增讀者困擾。但這些缺點瑕不掩瑜。身為日本文學愛好者，我仍要說，這本書確實提供了許多國內至今缺少的日本文學資訊，值得一讀。

新井的中文既流利又伶俐，這是好處，但也令人遺憾（／疑惑）：為何一個日本人談日本文學卻不帶一點東洋味呢？我常把新井和劉黎兒搞混，有時不免幻想，如果新井的中文能多一點「日本腔」，或許會更容易讓人辨識吧？

——二〇〇一年八月五日《中國時報・開卷版》

# 在知音與誤讀之間——從《暗示》的四篇書評談起

研究文學、討論文學，不免會思考一個問題：文學批評是否有客觀可言，會不會所有詮釋都是一種誤讀？

這個問題是無解的，可以討論，但不會有（大家都滿意的）結論。甚至，有些人會認為它是無法討論或不必討論的。但這問題的的確確又像沒有特效藥的感冒，每個從事文學這一行的人隔一段時間總要感染一次，彷彿是要提醒你，你並未如你自以為的健康。

最近有件事情再次提醒我重新思考這個問題，並延伸思考到另一個問題。

●

事情起源於韓少功新近在台灣出版的《暗示》（聯合文學出版）一書。韓少功上次的《馬橋詞典》引發正、反兩面的評價，過程甚為熱鬧，但結果似乎讚賞者多

書名：《暗示》
作者：韓少功
文類：長篇小說
出版社：聯合文學出版公司
初版日期：二〇〇三年四月

於反對者。這次《暗示》在形式上有故技重施之嫌，自然也引起或褒或貶的爭論。

我對韓少功的小說也有點意見，但這篇文章不想談這本書，而想談這本書的書評。短短一個月之內，台灣出現了四篇對《暗示》的書評，我認為，這四篇書評似乎可讓我們反省一些事情。

這四篇書評依發表順序分別是：

林秀玲的〈且論理且狀情〉，二〇〇三年五月十八日《中央日報・中央副刊・閱讀版》；

黃錦樹的〈崩潰的暗示？〉，二〇〇三年五月十八日《聯合報・讀書人版》；

呂正惠的〈既奇異又平凡的書〉，二〇〇三年五月二十三日《中國時報・開卷版》；

野島・J的〈暗示〉，二〇〇三年六月號《聯合文學》，頁一五五～一五七。

這四篇文章都不難找，我在此列出它們的發表處，事實上也是希望讀者能找出原文來看。但為了下文論述方便，還請容我引用這幾篇文章的片段，稍微介紹一下它們的看法。

林秀玲的〈且論理且狀情〉對《暗示》十分肯定，她認為：

「某個部分來說，韓少功像傅柯、像羅蘭巴特，意在探究語言表徵之外所暗示明示的事理，像個文化詮釋學的學者，但其中甚為特別的一點差異之處，是韓少功處理的是文革的歷史。……照理說，對文學批評者而言，或許韓少功像學者一樣進行如傅柯、羅蘭巴特的文化詮釋學更具吸引力；但於筆者而言，我認為韓少功的過人之處尚不在此：而是他一枝如椽巨筆，細膩觀察處仍可控制自如、敏銳，一如很好的短篇小說作家——這或許是韓少功以小說家成名之故罷。許多條筆記，篇篇都是上好的短篇小說，篇篇可以單獨而觀之。」

而黃錦樹的看法與林秀玲截然不同。黃氏毫不諱言：

「作為讀者，對於這麼一位備受期待的名家在五十之年寫出這樣的一本自稱是小說的書，我覺得非常失望和不可思議。它不止違反了小說讀者的讀者期待，更令人擔心的是，會不會同時羞辱了作者與讀者間起碼的信賴（或許我並不是他預設的讀者）。這本書的敘事成分少於一般的散文集（更別說是小說），根據我的專業判斷，它其實是本文類歸屬錯誤的雜文集。書分三集（看不出有多大的意義），一個條目一個條目的發表意見。……也許有些高明的理論家能為他的試驗找到理論的依據，對我而言，韓少功似是要以這部雜文集來暗示小說已死。……就他所涉的範圍而言，至少含括語言哲學、社會語言學、符號學……等學術領域。但如果用這些學術領域的要求來看待這本書的話，卻又不免覺得它過於富有素人色彩，並沒有相應的深度或犀利，閱讀的滋味其實遠不如相關領域的專門著作。如果把它當小說，當它的敘事成分低於抒情散文，就只能說它是呈現敘事的瓦解狀態的小說，一部非小說，不知它是否暗示了——大陸跳進後現代之後已導致普遍而嚴重的敘事危機？」

林秀玲和黃錦樹的看法一正一反，有趣的是，呂正惠的文章似乎作了「合」。他說：

「這是一本貌似奇異但其實平凡的書；根據這一評論，你也可以反駁：它貌似平凡，其實奇異。說到底，就其最表面形態而言，這只是一本包含了一一八則（分為四類）的雜感集，但是藉由這些雜感，作者想建構一套自己的『理論』。本書當作『雜感集』，許多篇章都寫得極有味道、發人深省。……現在韓少功什麼也不相信了，他既不再相信『革命』的理想，也不相信高度發達的物質與資訊。但是他還不肯放棄，還想追求『什麼』，只是已經不知道這『什麼』應該是『什麼』了。但是，他迷戀『經驗』，透過回憶所捕捉的經驗，擺脫現代資訊所體驗的最原初經驗。裡面既無革命的『形式主義』，也沒有現代物質、資訊、廣告所組成的現代生活的『形式主義』。他認為，最具體的經驗都透過『暗示』來完成，他也想透過這一一八則雜感『暗示』這種生活『理論』。所以，他說，本書是要『把文學寫成理論，把理論寫成文學』。本書是否成功呢？那就有這篇短評開頭所說的那兩種評價。當然，也可能在這之外，或在這之間。」

迥異於前三篇，野島・J的〈暗示〉寫得並不像習見的書評，而較像閱讀《暗示》之後，有感而發的一篇散文。這篇文章發表在命名為「如果我們倒立看書」的專欄裡，似也說明了它與書評若即若離的關係。野島・J認為「《暗示》其實是作者的另一本《馬橋詞典》。……是作者企圖利用一百一十三個『具象』，為現代中國編纂出一本更為宏博的辭典小說。」但他不解「為什麼叫《暗示》？」他說：「不管從導讀、前言、附錄，還是正文，我皆遍尋不著何以這本書會取名為『暗示』的蛛絲馬跡，除了『暗語』。整本書一百一十三個具象裡，只有『暗語』這詞一次出現了六個，書裡頭所謂的『暗語』泛指在不同時空背景裡，一個本該是這麼著的辭彙卻衍生出那麼著的怪意思。」

這四篇書評，雖然談的是同一本書，但看法南轅北轍。而如果我們不是清楚知道它們談的是同一本書，很有可能以為這是四本書的四篇書評呢！文學評論不容易，但真是有趣。

我不想、也無法在此對這四篇書評作對錯或高下的判斷，因為這四篇書評呈現出各個寫書評者的意見，誰能說誰的意見不對、誤讀了原作；或者誰的意見完全掌握住作品、堪稱作者的知音呢？

但即使對這四篇不作判斷，我們仍有幾點可談。

首先，林秀玲認為《暗示》一書「許多條筆記，篇篇都是上好的短篇小說」；但黃錦樹卻說「它其實是本文類歸屬錯誤的雜文集」；呂正惠說它是一本「雜感集」；而野島・J則認為韓少功「為現代中國編纂出一本更為宏博的辭典小說。」一本書的「文類」眾說紛紜，結論之無有交集，誰曰不宜？我一位朋友最近發表了一篇探討文學理論的論文，文中提到：「書評，著者常誤以為某書該屬某文學理論的產物，而以某文學理論的觀點來視該書，殊不知第一犯下循環論證的謬誤；第二為忽略該書其他方面論述，僅以放大的角度和態度來突顯自己的立場。」（筆者按：陳怡君〈死了上帝，活了文學——二十世紀西方文學理論的世俗化問題〉，二〇〇三年六月六日，佛光人文社會學院「文學、歷史與社會三所聯合研究生論文發表會」。）看這四篇書評，我愈覺得她的話頗有見地。

其次，黃氏說這書「分三集」；但呂氏卻說它「是一本包含了一一八則（分為四類）的雜感集」；而野島・J的說法又是「整本書一百一十三個具象」。究竟是「三集」或是「四類」，書一翻開就可明白。（筆者按：呂氏之說為是，黃氏可能筆誤，但或許黃氏另有讀法亦未可知。）但「一一八則」與「一百一十三個具象」確可爭議。何以故？關鍵在於「暗語」一詞。「暗語」一詞下分「地主」、「開會」、「小姐」、「飢餓」、「革命」及「錯誤」六項，這到底要算一？或者數六？就見仁見智了。還是那句老話：誰能說誰（算得）不對呢？

第三可談的是台灣報紙的書評制度。我應邀寫過幾次報紙書評，恰巧對此有所了解。事實上，報紙書評版的「選書人」與「評書人」並非同一（組）人。選書小組選出「每週新書金榜」，再由編輯判斷，去找一位可能對這本書較為內行的人士撰寫書評。當然，並非編輯相中的人選一定願意受邀，若邀稿被拒絕，編輯就只好換人。而一旦寫書評的人選確定，編輯除了字數上要求作者配合外，不會干涉其寫作。這四篇書評中，三篇是報紙書評，編輯流程應是如此。而這三篇書評對此書的評價毫不相同：林氏肯定、黃氏否定；至於呂氏，雖對其頗有稱美，但亦有保留之處。但問題是：一本書獲選為書評版的推薦新書，卻出現否定的聲音，不是很矛盾嗎？一本爛書並非就不能為之寫評，但這幾年台灣報紙書評版已形成「為讀者選好書」的傳統，在這種選書理念下，一本爛書根本就不該獲選，更何必花版面介紹。尤有甚者，獲選入「每週書評」的書，便具有「年度好書」的候選資格。如果今年年底《暗示》獲選「讀書人版」的「年度十大好書」，該如何看待黃氏的書評呢？固然縱有千萬人認為《暗示》是絕妙好書，黃氏若堅持己見，只要能自圓其說，有何不可？但話說回來，《暗示》獲選「每週新書金榜」雖與執筆書評的黃氏無關，但這篇書評確實提醒了我們：台灣報紙書評制度——或是其選「好書」的制度——有其缺口。至於這缺口是否該補強，就又見仁見智了。

四篇書評中，唯一一篇非報紙書評是野島・J寫的，發表於《聯合文學》。前文說過，它與一般書評的行文方式不同，比較像一篇散文。而無可諱言，野島・J的看法與「聯合文學」出版社為此書所打的廣告詞頗有雷同。事實上，該文結束於當期《聯合文學》第一五七頁左半頁，剩下的右半頁正好就是《暗示》的廣告。或許有人會懷疑這篇文章是《聯合文學》特意為了「打書」邀稿來的，但這又能證明什麼？說到底，難道只因為它發表在該書出版社所發行的文學雜誌上，就能說它一定不客觀、一定不公正、一定有廣告之嫌嗎？更何況，書評帶有宣傳性，不是天經地義的嗎？

啊！讓我們回到本文一開頭所提出的問題吧：文學評論是否有客觀可言，會不會所有詮釋都是一種誤讀？

「所有閱讀都是誤讀。」——這話說過的人早已不少，聽來毫不新鮮。我這篇文章大量引用原文，試圖讓文本直接說話，儘量做到「客觀」，但引用的過程即是一種判斷，無論再怎麼撇清，恐怕都難逃「誤讀」的質疑吧。然而不論如何，我仍希冀此刻正在閱讀本文的讀者您，試著做我的知音，思考一下閱讀、詮釋、文學批評，乃至書評寫作等問題。

——二〇〇四年二月，《全國新書資訊月刊》第六十二期

# 長調與短歌——呂政達《怪鞋先生來喝茶》

呂政達是近年來備受矚目的散文家，獲獎連連，也是各散文選集的熟面孔，然而，他的「純散文作品集」卻遲遲未見出版。當然散文的義界可大可小，呂政達之前在「張老師」所寫的幾本論述（如《偷看——解讀台灣情色文化》），未必就不能稱之為散文。但無論如何，本書做為呂政達第一本「純散文」，它的出現仍是散文界的豐收大事。

呂政達的散文，抒情處自是悅耳動聽，但分貝不高，聞之不會有壓迫感。至於議論，有憑有據之餘，也不致讓人嫌他掉書袋。其有為有守，頗具大家氣度。

全書三十九篇散文，作者（或編輯）將之分為四輯。輯一收十篇長文，皆為近年來各大散文獎獲獎作品。輯二、三、四的篇幅有長有短，但多數為短文，或許因為篇數太多，編者才強為分成三輯。平心而論，分四輯的層次並不一致，標準也不清楚。

輯一無疑是全書最可觀者，其中〈最慢板〉與〈行板〉二文，行文調性與標題

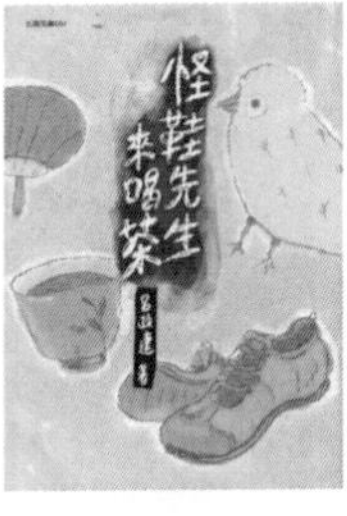


書名：《怪鞋先生來喝茶》
作者：呂政達
文類：散文集
出版社：九歌出版社
初版日期：二〇〇三年七月十日

合拍合節，頗見功力。至若〈度父〉，題材雖非罕見，但梵唄唱頌的文法卻是作者的另闢蹊徑。呂政達散文中的「音樂性」，已成為他顯著的風格之一。

相較於輯一的長調舒緩，輯二、三、四的短歌輕快是另一番風景。以〈噢，記者〉為例，此文由六段短札組成，我們絕不懷疑呂政達缺少將它們鎔鑄一體、衍成長歌的能力，但此文如此呈現，卻自有一番呼應短捷有力的新聞文體的效果。至於幾篇機鋒顯見的「標準小品」（如〈牆壁間的受想行識〉、〈快樂〉、〈怪鞋先生來喝茶〉等），皆止於所當止，讀之令人歡喜讚嘆。

當然，呂政達的文章不是沒毛病可挑。許多時候他的奇思異想無法適當融入正文，便取巧以括弧夾文字穿插其間（如〈子王〉、〈自助餐館〉等）。但這一來使文氣中斷，打擾了讀者的閱讀；二來所夾帶者天馬行空，該如何解讀有時簡直考驗讀者想像力。固然這樣的寫法能造成「多聲部」的效果，但福者禍所倚，並非每次都能成功。

此書一出，散文家呂政達的定位將更加確立。但本書創作時間橫跨十幾年，內容龐雜、未能有統一的面貌也稍令人遺憾。借用呂政達的話，我們會說：讀者仍舊等待。

——二〇〇三年七月二十日《中國時報‧開卷版》

# 回首《彼岸》——談王孝廉小說

王孝廉（筆名王璇）是成名已久的小說家。或者容我說得「狠」一點、更貼近事實一點：王孝廉曾是著名的小說家，可惜的是，他的小說成就，日漸為人輕忽。

小說家王孝廉之所以漸被遺忘，原因很單純，他不寫小說久矣。之前，王孝廉僅出版過一本短篇小說集，那便是一九八五年一月「洪範版」的《彼岸》，該書收錄十二篇小說。之後幾年間，王孝廉又零星發表了幾篇小說，但因為字數不夠另出一本，這幾篇小說從未出版。

「印刻版」的《彼岸》距「洪範版」的初版已近二十年。同樣收錄了十二篇小說，與舊版《彼岸》重複者有八篇，另外四篇（〈修羅的晚宴〉、〈水月〉、〈亞梅洛〉、〈月狐〉）是第一次結集。而這四篇裡面，〈修羅的晚宴〉曾入選「爾雅版」《七十四年短篇小說選》（亮軒編），〈亞梅洛〉亦曾入選「希代版」《夢的流浪——海外作家小說選》（林煥彰選編），都並非沒沒無聞之作。

書名：《彼岸》
作者：王孝廉
文類：短篇小說集
出版社：印刻出版公司
初版日期：二〇〇四年六月

這是一本新書，但也是舊著；對本書有興趣的讀者可能有一些是舊雨，料想亦有新知。但無論如何，舊作新出，必然有它歷久彌新的道理。

●

檢視王孝廉小說，我們其實不難想像，當年王孝廉必定是位滿載期待的新銳作家。從一個新人的角度看，他的小說充滿了開創性與發展性。量雖少，但面向並不狹窄。其中有兩條線彌足珍貴，一是「神話小說」，另一是中（台）、日情結的處理。而這兩條線的源頭，都跟作家的背景脫不了干係。

因為基本上，王孝廉是位學者型的小說家。

在一般人的印象裡，王孝廉是長年旅日的神話學者。他二十七歲即赴日留學，取得碩士、博士學位，自此便在日本長住。博士論文《中國的神話世界——各民族的創世神話及信仰》是他海內知名的學術巨著。而王孝廉雖然二十幾歲即開始創作，但他重要的小說作品（包括本書所有內容），都集中在三十幾歲時完成，那時候的王孝廉，已具有學者的身分了。

「最後的箭」三部曲——〈流星〉、〈寒月〉及〈落日〉——無疑是「神話小說」的傑作。寫得好固然是原因之一，但少有人在此領域耕耘更顯得這批小說的可貴。神話本來就是冷門學問，要將神話轉化為小說，則非同時具備學識（神話學）與才力（小說創作）莫辦。「神話小說」少有人寫，原因在此。自魯迅《故事新編》之後，數十年來的「神話小說」事實上僅有王孝廉與奚淞（〈夸父追日〉、〈伏羲與天梯〉、〈封神榜裡的哪吒〉等）值得一提。無奈的是，兩人都已在小說上廢耕多年。

而王孝廉「旅日學者」的背景，也在小說創作上烙下明顯痕跡。〈平戶千里〉以歷史小說筆法寫在日本時的鄭芝龍，結尾並帶出鄭成功；〈修羅的晚宴〉則描繪軍國主義下日本軍官的荒謬；〈再見南國〉更是以「南國」喻台灣的一冊旅日台人寫真集。王孝廉從日本看台灣，讀者則從小說中讀出他在日本「想像台灣」的國族思考。

可以說：「神話小說」及「日本系列」，是王孝廉在小說上最重要的貢獻，也是他的舊作在新世紀最值得我們回首凝視的部分。

置於卷首的〈塵海三色〉，雖不屬於上述兩系列之作，但無疑是王孝廉最好的作品之一。這篇小說曾選入「爾雅版」《七十一年短篇小說選》（周寧編）及「九歌版」《中華現代文學大系‧小說卷》（齊邦媛主編），是王孝廉小說中被討論最多的作品之一。而由於小說主人翁——與女弟子相戀的佛教大師——的形象鮮活，諸多揣測於是興起。就小說論小說，這篇小說影射誰當然無關緊要。但有趣的是，二十多年後的今天我們再看這篇小說，仍然感覺其隱喻之強烈。這就足見王孝廉的功力了。

至於〈彼岸〉及〈水月〉等篇，亦都呈現出王孝廉的思慮周密與辯才無礙。如果不是學者，很難想像能寫出那樣層次鮮明的作品。小說家王璇，其實是學者王孝廉的一個分身。

●

王孝廉在繳出十幾篇小說後，便悄然擱下創作之筆。他的小說具有開展的潛力，但他畢竟未在此深耕勤耘。作家創作常是為了填滿心靈上的某種缺憾，或許王孝廉已從學術研究中獲得滿足，無須再寫小說了吧。

是故，這本新版《彼岸》究竟是一個立此存照的終點？或是一項重新出發的契機？難以遽下定論。回首彼岸，王孝廉願意再渡一次河嗎？

——二〇〇四年六月《文訊月刊》第二二四期

——收入王孝廉《彼岸》

# 完足的嘗試——重讀向陽《十行集》

多年前，我曾和一位有志寫詩的友人討論一個問題——不！或許該說是兩個問題吧：現代詩如何再創造一次高峰？年輕詩人如何塑造自己的風格？

我的意見是這樣的：現代詩應該有自己的「格律」，即使這個「格律」是隱性的、柔性的或多元的，因為有格律的詩比沒格律的詩更容易贏得讀者。而年輕詩人若要獨樹一格，奔放的詩想當然不可少，但剪裁收拾同樣必要，因此最好下工夫先找到屬於自己的詩的格律。

話題大概很快就岔開了，記得當時我並沒向友人舉例證明自己的觀點。但那時候，我心中最好的例子其實就是向陽的《十行集》。

在市面上消失了一陣子的《十行集》，改換封面、版式之後，重新編印出版了。我藉此機會重讀這本書，過程中，腦子裡揮不去的是這樣一個影像：一位年輕詩人為了日後更長遠的旅程，選擇在初航時「自鑄格律」框限自己豐富的情感與無

書名：《十行集》
作者：向陽
文類：新詩集
出版者：九歌出版社
重排增訂二版日期：二〇〇四年五月十日
（初版日期：一九八四年七月十日）

邊的想像力，要求自己在十行中寫完一首詩。

《十行集》是個成功的嘗試，此書初版至今二十年，掌聲始終不斷，向陽「詩的形式的堅持者」（蕭蕭語）、「遊戲規則的塑造者」（林燿德語）等稱號都與這本詩集關係密切。而這個嘗試也是完足的。可供後人學習，卻又難以超越。

《十行集》中有許多首以「小詩」之名收錄在各式「小詩詩選」中，但必須強調的一點是，雖然論者以為「要想學習如何創作白話詩，最佳的鍛鍊是從小詩開始著手。」（羅青語，見《小詩三百首》代序）但向陽研磨《十行集》的十年光陰中，也曾同時淬鍊出長達三百餘行的史詩〈霧社〉（收在《歲月》一書）。是故，「十行天地」決不僅止於年輕詩人的「小詩練習」，更是具有歷史抱負的青年詩人自我節制的苦吟歌聲。

本書附錄有「《十行集》相關評論介析引得」，收錄篇目共三十四筆。相關評論已如此豐富，使我這篇文章難以下筆。但我這次重讀《十行集》，仍有兩處小發現可提出分享。第一，向陽十分愛寫「雨」。有「雨」的句子頗多，而光就篇目看，便計有〈聽雨〉、〈雨落〉、〈晴雨〉、〈流雨〉、〈春雨〉等五首以「雨」為名。這與詩人的筆名「向陽」形成趣味的對比。

而向陽對季節流變的敏感也令人印象深刻。〈秋訊〉、〈冬祭〉、〈春雨〉、

〈秋辭〉等詩題都與季節有關。張漢良亦曾以〈未歸〉一詩為例，說明該詩「夏、冬、秋、春以及伴隨它們的自然意象先後出現」，「暗示時序遞邅對人情緒的影響」（見附錄，導讀〈未歸〉）。無怪乎日後向陽會以二十四節氣為題，寫出另一本重要詩集《四季》了。

向陽在「新序」〈十行心事〉中，以首篇〈聽雨〉的句子慨歎這本詩集「是昔日，淅淅瀝瀝呼喊的／聲音」。但我重讀之後迴盪於心的，卻是最後一首〈觀念〉的最末兩行：「依賴隄岸護衛，水做了溪流／無懼河川沖激，水成為大海」。「隄岸」是那十行的框架，「水」則是詩。當年二十幾歲的詩人，如今中年驀然回首，看見「水成為大海」，該覺得那十年練劍的歷程功不唐捐吧？

——二〇〇四年七月二日《中央日報副刊》

——收入向陽《十行集》重排增訂二版

# 森的旅程——評蔡逸君《我城》

一個名叫「森」的男子，在人生旅途中遊蕩。偶爾他會看見〈藍色的馬〉，下雨時則會想起昔日的〈傘〉；即使是在自己的城市（〈我城〉）裡，他也經常迷路。或許他不是迷路，而是命運對他開啟了〈第二道門〉。森搭火車通勤，一如往常；但故事若要開頭，他的座位旁肯定就會坐著一個〈多出來的人〉。

在現實與超現實交錯的情節裡，列車、街道、門、乃至於城市，都成了強大的意象，處處彰顯森的無路可出。因為走在重複的街道上，不免懷疑起夢境與現實的孰真孰幻。森無疑是存在主義式的小說人物，他始終在追尋著。他的追尋過程成就了小說。而相較於小說本身，他追尋什麼倒不是重點了。

蔡逸君已寫過幾部優秀的長篇，寫作才華無庸置疑。本書九篇小說皆以森為主角，也使得它不只是短篇小說集而已。

是的，這是一部佳作。然而，我在閱讀本書的過程中，卻經常想起七等生的李

書名：《我城》
作者：蔡逸君
文類：短篇小說集
出版社：寶瓶文化
初版二刷日期：二〇〇五年三月十日

龍弟、亞茲別以及馬森的《M的旅程》。當然，那篇〈獸〉也有卡夫卡的影子。

蔡逸君是否受到前述作家作品的影響，姑且不論。但身為讀者，總期待一代代的作家都能突破前人。七等生及馬森筆下的「尋夢者」（借用馬森短篇小說之名）在文學史上已是經典的形象。既有珠玉在前，蔡逸君的森（閒話一句：這個主角恰巧與馬森同名）就顯得不夠突出了。

寫這篇書評，也讓我想起王德威評蔡逸君處女作《童顏》的往事。王德威說該書「有許多好的點子，足供作者寫出相當不一樣的小說。但以現有成績來看，只能說是平平。」乍看之下似非好評。但我以為，王德威以魯迅、朱天文、喬伊思、普魯斯特等人與蔡逸君相較，本身就是一種肯定。

蔡逸君是能寫的，但他尚未具備獨特的風格。套句〈寄〉裡頭的話：「明明是人控制著列車的行進，反過來，列車卻控制了人的行徑。」人當然是指作者，列車則是作品的內容與形式。如何跳脫前輩大師的窠臼，是蔡逸君最該思索的。我們期望他能找到「離城」的道路，寫出自成一家的作品來。

——二〇〇五年四月二十四日《聯合報・讀書人版》

# 一篇早熟的運動小說——談陳恆嘉的〈一個球員之死〉

在報上讀到作家陳恆嘉去世的消息（一九四四年四月十六日－二〇〇九年二月二十五日），一時之間愣住了。我並不認識陳先生，但正在讀他的小說。

近幾年我研究運動文學，常為台灣運動小說不夠興盛抱憾。但有時無意間發現一篇運動小說，便有如挖到寶的喜悅。陳恆嘉的〈一個球員之死〉便是台灣運動小說裡一篇不可忽略的上乘之作。

這篇小說原發表於一九七〇年的《台灣文藝》，原名是〈日薄醃嵫〉，日後收錄在書中才改名為〈一個球員之死〉，隔年（一九七一）獲評為第二屆吳濁流文學獎佳作獎。算起來，這是陳恆嘉二十五、六歲時的少作。

小說寫的是一位足球隊員在一場球賽中頻頻被觀眾奚落，最後球隊落敗。他一方面自責球技退步，但年紀老大、體力衰退卻非他能控制。另一方面，他痛恨球迷的無情，當年崇拜他的觀眾如今竟然對他喝倒采。他以一把短刀在散場的球場上自

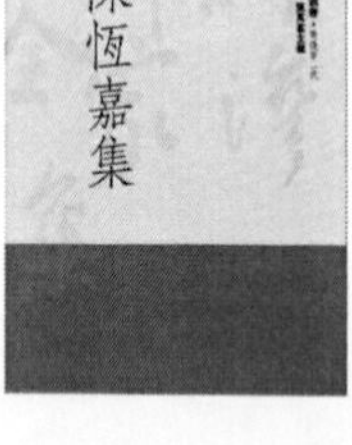

殺以明志。等到隊友們發現時，已經命歸黃泉了。

小說並未分小節，但結構上明顯分為三小節，筆法也各不相同。第一部分是球員自殺前的心理狀態，用了類似意識流的手法；第二段是隊友發現屍體及警察辦案，使用第三人稱敘述；最後則是疑犯（一位球迷）的自白書。小說其實對於球員是否自殺有所保留，因為最後的疑犯供詞容易令讀者覺得那位球迷才是殺死該球員的真兇。

放諸台灣運動小說史，〈一個球員之死〉至少有三點意義值得探討。

第一，它使用推理小說的技巧，是一篇「運動推理小說」。雖然運動小說不一定要寫成推理小說，但以運動為內容的推理小說確實不少。坂本光一的《白色的殘像》（江戶川亂步賞得獎作）、西村京太郎的短篇〈投手暴斃之謎〉都有中譯。在台灣，則以張啟疆為旗手，他的〈兄弟有約〉（棒球小說獎短篇小說首獎，一九九三）及長篇《球謎》（二〇〇八）都是推理小說。而陳恆嘉這篇比張啟疆早了二十幾年！

第二，它對失意運動員的心理狀態有極為精采的刻劃。且看以下的句子：

「一切俱已遠去，綉有國旗的西裝，縫有國號的球衣……翻出來晾曬時，已滿沾熏鼻的樟腦味。再和煦的冬陽，也烘不暖心中冷意。」

「不要給我提國家民族的字眼……憑什麼要為你們活著？」

「新的觀眾有新的英雄崇拜。」

「我吃的噓聲還不夠受嗎？一個小小的足球像一個雪球，從這端帶到那端，結果是愈滾愈大，愈大愈重，愈重愈踢不動，那黏附上去的你知道是什麼嗎？不是泥不是雪，是噓聲——是噓聲——你們說是年歲。」

「面對這樣愈滾愈重的球，我自感欲振乏力。而觀眾，如果不用健忘來解釋，我無法原諒他們的刻薄與寡恩。」

「沒有過痛快，從沒有過痛痛快快，贏一場球，要忍住九十分鐘的廝殺；要保住一個運動員的榮耀，要克制許多物慾，總得隱忍住什麼，即使瀉肚的時候，做愛的時候。」

對於失意運動員的心理描寫，〈一個球員之死〉堪稱傑作！

第三點是我不解的。〈一個球員之死〉寫的是足球，而非棒球！眾所週知，一九六八年紅葉少棒隊擊敗了來台訪問的日本隊，隔年（一九六九）台中金龍隊替台灣首度贏得世界少棒賽冠軍，自此開始了台灣棒球熱潮。棒球逐漸成為未經官方公告的「國球」。棒球的興盛，也反映在文學作品裡。爬梳台灣運動小說，棒球小說的數量可分去半壁江山。但發表於一九七〇年的〈一個球員之死〉寫的竟是足球！這真是一個令人玩味的謎題。

我曾想過，如果有機會遇到陳恆嘉本人，一定要請教他這個問題。但如今作者已死（這回是真的！），只有留給研究者去「眾聲喧嘩」了！

在台灣小說史上，〈一個球員之死〉是篇早熟的運動小說。六十五歲棄世的小說家，留下的作品其實不多（小說集計三部），而我們對他的認識也還少。謹以本文提醒讀者、學界注意陳恆嘉的小說成就。

——二〇〇九年三月十日《自由時報副刊》

作者按：本文發表後，不少人透過不同的方式告訴我，陳恆嘉有位弟弟是足球國手，這應是他的〈一個球員之死〉寫的是足球，而非棒球的原因。謹此致謝！

# 從《巴黎的故事》探索馬森的「巴黎時期」

## 前言

馬森原籍山東省齊河縣，一九三二年十月三日出生，一九四九年來台。他於就讀國立台灣師範大學國文系期間開始文學創作。畢業後旋即入伍，退伍後曾短暫於大甲高中任教一年，又考入師範大學國文研究所，攻得碩士學位。繼而赴巴黎電影高級研究院專攻電影戲劇，後入巴黎大學漢學研究所，並任教於巴黎語言研究所。

馬森留法期間，曾為《歐洲雜誌》撰寫歐洲電影評論。後應聘於墨西哥學院東方研究所。一九七二年再赴加拿大英屬哥倫比亞大學攻讀社會學博士，取得學位後，任教於加拿大亞伯達及維多利亞大學。繼而赴英，執教於倫敦大學亞非學院。

書名：《巴黎的故事》
作者：馬森
文類：短篇小說集
出版社：爾雅出版社
初版日期：一九八七年十月

馬森於一九八七年回國，定居台南。曾任《聯合文學》月刊總編輯。於國立藝術學院、成功大學、南華大學、佛光大學等大學任教，講授小說、戲劇、文學理論等課程，樹人無數，望重士林。二〇〇四年舉家移居加拿大維多利亞。二〇〇八年八月返台擔任東華大學駐校作家一年。

馬森寫作文類涵蓋廣泛，有小說（短篇、長篇）、散文、劇本、評論（包括戲劇評論、電影評論、文學評論、文化評論）等。除本名外，曾用筆名包括牧者、文也白、飛揚等。此外，馬森亦是翻譯家及專業編輯，。曾獲第一屆五四獎文學評論獎（一九九八）及第八屆府城文學獎特殊貢獻獎（二〇〇二）等。

寫作已近一甲子的馬森，作品成書四十餘種（不含翻譯及主編），相對於馬森的豐富，學界對這位大師級作家的探討仍顯得貧乏。這是很可惜的事。

馬森是位行過萬里路的作家。筆者認為，如果要寫一部類似《馬森評傳》這樣的書，可以考慮以「地名」來分章。本文將以《巴黎的故事》為中心，探索馬森「巴黎時期」的意義，並對日後的馬森研究提供建議。

書名：《巴黎的故事》
作者：馬森
文類：短篇小說集
出版社：文化生活新知出版社
初版日期：一九九二年二月一日

## 《巴黎的故事》是馬森的首部作品

在馬森眾多的著作中，《巴黎的故事》是較少人討論的一部，但這部書其實非常重要。曾有同學問我，閱讀馬森宜從哪一本入門？我推薦的正是這一本。

對台灣讀者來說，認識馬森可能是從《馬森獨幕劇集》（一九七八年二月，聯經）或《孤絕》（一九七九年九月，聯經）或《夜遊》（一九八四年一月，爾雅）開始。但《巴黎的故事》才是馬森作品最早出版的一部。

回顧馬森創作歷程，我們發現原名「法國社會素描」的《巴黎的故事》自一九六六年便開始於《歐洲雜誌》連載。一九七〇年七月，其中四篇與李歐梵等人的作品一起集結成《康橋踏尋徐志摩的蹤徑》一書，由台北環宇出版社出版。一九七二年十月，十三篇故事以《法國社會素描》為書名，由香港大學生活出版社出版。這本《法國社會素描》即是日後《巴黎的故事》（一九八七年十月，爾雅）的前身。不過作者自行刪去最後一篇〈路〉，現在通行的版本僅收十二篇。

《馬森獨幕劇集》（日後增訂，改名為《腳色》）、《孤絕》及《夜遊》都在某些層面上震撼了台灣文壇，當時馬森仍是「海外學人」。而爾雅版《巴黎的故

書名：《巴黎的故事》
作者：馬森
文類：短篇小說集
出版社：印刻出版公司
初版日期：二〇〇六年四月

事》推出時，馬森剛返國擔任成大中文系教授不久。他的少作重出，迴響反倒不甚熱烈。

## 《巴黎的故事》的版本

《巴黎的故事》也是馬森作品中版本最複雜的一部。除了前述的版本外，一九七八年四月，台北的四季出版社出版馬森長篇小說《生活在瓶中》時，曾把《法國社會素描》中的七篇收錄進去，等於買一本《生活在瓶中》附贈半本《法國社會素描》。這個版本彌足珍貴，理由除了四季出版社如今已不存在，更因為書前附有馬森年輕時在巴黎的照片、題獻辭「獻給在法國認識的朋友／A mes amis connus en France」，以及一篇萬言長序〈懷念在巴黎的那段日子〉。

〈懷念在巴黎的那段日子〉以平鋪直敘的筆調，留下馬森在巴黎生活的豐富資料，從中可看出一位青年藝術家成長茁壯的痕跡。這篇長序在爾雅版《巴黎的故事》中依舊收錄；但後來的文化生活新知版（一九九二年二月）跟目前通行的印刻版（二〇〇六年四月）都將此文刪去，十分可惜。二〇〇六年九月，馬森出版散文新作《東亞的泥土與歐洲的天空》（聯合文學出版），將這篇文章收錄做為「附

從《巴黎的故事》探索馬森的「巴黎時期」

錄」，並略改篇名為〈懷念昔日在巴黎的朋友們〉。

《生活在瓶中》近十萬字，可以單獨成書。日後也確實有了獨立的爾雅版（一九八四年十一月）及印刻版（二〇〇六年四月）。不過，四季版將半本《巴黎的故事》附錄其中絕非毫無道理，因為《生活在瓶中》寫的正是巴黎。

《生活在瓶中》是馬森第一部出版的長篇小說，它與《巴黎的故事》最顯著的不同是筆法的差異，而這個差異的源頭一方面是文體，另一方面也可說是與法國的距離。寫前者時，馬森仍在巴黎，他嘗試將週遭的人事物以素描之筆紀錄下來。但寫後者時，馬森已在墨西哥，只能透過小說／虛構來「懷念在巴黎的那段日子」。馬森曾自承「《生活在瓶中》和獨幕劇的大部分一樣，大體上是醞釀在巴黎，而於墨西哥寫就的創作」（馬森，一九八四：一九六）。因此，《巴》、《生》二書以及獨幕劇的大部分都可納入馬森的「巴黎時期」來探討——即使後二者並非在巴黎完成。

## 以「地名」來替馬森文學分章

海明威說過一句著名的話：「如果你夠幸運，年輕時待過巴黎，那巴黎將永

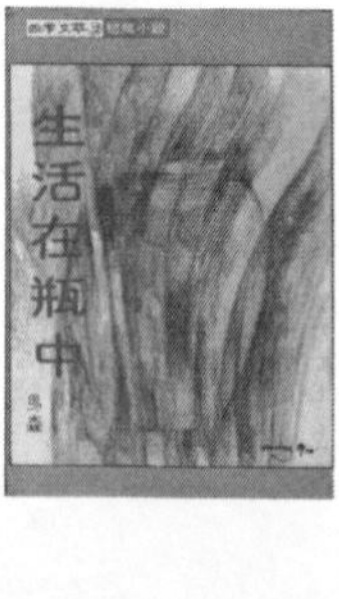

隨著你，因為巴黎是可移動的盛宴。」馬森何其幸運，年輕時待過巴黎。他曾感慨「與巴黎緣份不夠」（馬森，二〇〇七：一四〇－一四一），正可證明他心中常懷巴黎。有趣的是，讀者通過《巴黎的故事》其實不難預見馬森日後的發展——當然，這個「預見」無可避免是「後見之明」——可以說，《巴黎的故事》一直伴隨著馬森的寫作人生。

一生經常驛馬星動的馬森，因不斷遷徙無意間發展出「故事」系列。以《巴黎的故事》為首，之後有《北京的故事》（一九八四年五月，時報）及近期的《府城的故事》（二〇〇八年五月，印刻）。若再加上散文，則讀者也不應錯過《墨西哥憶往》（一九八七年八月，圓神）及《維城四紀》（二〇〇七年三月，聯合文學）。這些書記錄著這位「旅者的心情」，並貫串成一條線索清晰的「M的旅程」（借用馬森兩本書的書名）。文學史上，能同時在現實人生與抽象文字上進行如此壯遊的作家，著實不多。這些地名替馬森的人生分了期，筆者認為，亦不妨以之對馬森的文學進行分章。

其中比較特殊的是《北京的故事》。這本書實際寫於一九七〇年，僅稍晚於《巴黎的故事》。馬森中學時代曾在北京住過一年多，但他寫《北京的故事》「基本上是靠直覺和資料寫成的」（馬森，一九八四：一九六），當時是文革時期，在報章雜誌上有著大量的資料。他直到一九八一年，才再回到北京，距離上一次離開北京已經超過三十年了。

## 小說的趣味與知識的內涵

寫《巴黎的故事》時的馬森雖然尚未受過社會學的訓練（按：馬森於一九七二年由墨西哥轉赴加拿大英屬哥倫比亞大學修社會學，一九七七年獲社會學博士），但對於社會觀察已經展現濃厚的興趣。他計畫《巴黎的故事》之初即已設想該書「既算是創作，又兼具介紹西方社會現象的功用」（馬森，一九八七：一）。

龍應台曾批評《夜遊》，認為該書「直接說理的成分太重，或許是擲地有聲的論文，以小說的標準來看，卻嫌不夠含蓄、不夠複雜」（龍應台，一九八五：三二）。批評《孤絕》時更說「馬森的優點也正是他的弱點：他對社會人性的洞察使他思想深刻，但一旦急切的想傾吐這些抽象的思想，小說就輕易成為腦的遊戲」（龍應台，一九八五：四九）。事實上馬森同時具備學者與作家兩種身分。他寫小說時，當然希望「學者馬森」隱而未顯，但是否做得好，則見仁見智。龍應台的批評在此不論。筆者想提醒的是，馬森自《巴黎的故事》開始，便對自己的創作理念十分清楚。不管是《巴黎的故事》、《孤絕》或《夜遊》，都既有小說的趣味，也有知識的內涵。

## 《巴黎的故事》是日後馬森文學的先聲

馬森自陳《巴黎的故事》是「以人類學或社會學做田野工作的心境」寫成的，是一次「寫作練習」，「像畫家的素描一般，盡量減少想像與臆造的成分，只用白描的筆法來摩寫法國社會和我所觀察的法國居民（包括居住在法國的外國人）」的種種。」（馬森，一九八七：二）我相信馬森這樣的初衷。但坦白說，他意欲呈現的「素描」，我卻覺得色彩豐富。並且，常讓我聯想起日後的馬森。

譬如〈安娜的夢〉有大段大段的夢境描述，豈非超現實的《M的旅程》（一九九四年三月，時報）的先聲？

又如〈郝叔先生的星期日〉跟〈娜娜奶〉。郝叔跟娜娜奶不都是孤絕的人？則馬森對於「孤絕」主題的關注，難道不是自巴黎時期即已萌芽？

「寫作練習」在日後開花結果，或許出乎馬森意料之外，但又仍在情理之中！

## 結語

《巴黎的故事》是馬森「巴黎時期」的代表作。在巴黎的七年，對日後的馬森有極大的影響。《巴黎的故事》的篇幅並不厚重，但做為一位青年藝術家的初登場之作，既可愛又可貴。它是馬森文學的具體而微。如果「一位作家一輩子都只在寫一本書」這種說法可信，那《巴黎的故事》很可能就是馬森的那一本書。如果研究像在辦案，那麼《巴黎的故事》提供了許多線索，有助於我們閱讀／破解馬森。

將馬森所有著作與《巴黎的故事》進行串連，必是一件有趣且富有意義的研究。本文限於篇幅，無法做到這一步。所幸馬森的讀者眾多，應可期待來者更進一步的探索。

## 參考書目

馬森，一九八四，《生活在瓶中》，台北：爾雅出版社，一九八四年十一月十日
馬森，一九八七，《巴黎的故事》，台北：爾雅出版社，一九八七年十月五日

馬森，二〇〇七，《維城四紀》，台北：聯合文學出版公司，二〇〇七年三月
龍應台，一九八五，《龍應台評小說》，台北：爾雅出版社，一九八五年六月二十日
龔鵬程（編），二〇〇三，《閱讀馬森——馬森作品學術研討會論文集》，台北：聯合文學出版公司，二〇〇三年十月二十五日

——二〇〇九年十月《全國新書資訊月刊》第一三〇期

# 為「馬森學」再墊一塊基石——讀《閱讀馬森II》

誠如《閱讀馬森》（台北：聯合文學，二〇〇三年十月）的書序上所說：「馬森作品是台灣文壇一片壯麗的風景」，不論是戲劇、小說、散文、雜文或政論、文學理論與批評，乃至於翻譯與編輯，馬森（一九三二－）都有相當傲人的成就；而他又曾在多所大學執教多年，學友及弟子眾多，這樣一位作家兼學者，當然值得學界重視與研究。早在二〇〇二年，當時馬森任教於佛光人文社會學院（今佛光大學），該校為替馬森教授慶賀七十大壽，舉辦了「馬森作品學術研討會」，會中發表論文十三篇，會後並將研討會論文、會議記錄及相關評論索引資料等輯為《閱讀馬森》一書。

十年之後，二〇一二年十月十三日，成功大學文學院接續舉辦了「閱讀馬森II——二〇一二馬森學術研討會與劇作展演」向馬森致敬；又過了兩年，該研討會的論文結集出版為《閱讀馬森II：馬森作品學術研討會論文集》（台北：新地，二〇一四年九月）。

書名：《閱讀馬森 II》
主編：廖淑芳、廖玉如
文類：論文集
出版社：新地文化藝術
初版日期：二〇一四年九月

《閱讀馬森II》共收十一篇論文，執筆者均為學界碩彥，包括：紀蔚然、林國源、郭澤寬、秦嘉嫄、胡馨丹、廖玉如、廖淑芳、陳美美、張憲堂、鄭禎玉及陳忠源等。若將兩集《閱讀馬森》加以比較，讀者不難看出「馬森學」在十年之間有了更深、更廣的發展。

舉例而言，「擬寫實主義」是馬森在中國現代文學史書寫上重要的理論貢獻，早在一九八〇年代即已提出，然而中國大陸長期以來供奉「寫實主義」為中國現代文學最主要、甚至是唯一的傳統，「擬寫實主義」之說在二〇〇二年仍有幾位大陸學者表示不同意見，啟發了胡馨丹寫出〈馬森之擬寫實主義觀析論〉一文（收錄於《閱讀馬森II》頁一六一－二二九）；而事實上，該文亦是胡馨丹的博士論文《中國現代戲劇的「寫實」與「擬寫實」問題研究——以二十至四十九年間的劇作為研究對象》的一部分（台南：成功大學中文系，二〇〇四年五月），可見馬森的理論在近年來不斷被探索。

馬森雖已年逾八旬，身體依舊硬朗，也持續創作不綴，他給予台灣文壇的刺激仍是現在進行式。因此，《閱讀馬森III》絕對不是空泛的期待。這本《閱讀馬森II》替「馬森學」又墊下一塊堅實的基石，值得學者及讀者參考。

——二〇一五年二月四日《台灣時報副刊》

# 畫眉繼續唱自己的歌——凌煙的《失聲畫眉》與《扮裝畫眉》

一九九〇年十月凌煙以《失聲畫眉》榮獲第四屆自立報系百萬文學獎，曾在文壇掀起不小的話題。當年這個獎項是台灣獎金額度最高的文學獎，且已經連續三屆從缺，《失聲畫眉》獲獎、且得獎者是位年僅二十六歲的「新人」，樹大招風，引起注目是必然的。

先岔開來澄清一件事。事實上凌煙在獲獎時已出過兩部短篇小說集，她是初次寫長篇小說沒錯，但說她是寫作新手，有欠公允。

《失聲畫眉》的正反兩面評價都有。這部小說在評審會議上以五票全數通過，不過會議記錄上除了刊出每位評審對它的肯定，也照登了他們所指出的敗筆處。換言之，評審們儘管投它一票，卻不表示它毫無缺點。評審之一的施淑教授即說：「這是僅就目前時空下，針對決選的四篇作品做出決議。而不是想對這一百萬做出交待。」

反面的意見則包括王德威教授在內，他直指淩煙「一鳴不驚人」、「視野有限，技巧平平」、「似乎只看到戲班媚俗嘩眾的惡果，而未及思考『媚俗』與民間表演藝術間素來相生相剋的關係，以及『媚俗』在目前歷史文化空間的特別表現方式」、「對鄉土小說的觀念與實踐，不能『推陳出新』。」

如今二十年過去，所有塵埃已經落定，若我們心平氣和地重讀《失聲畫眉》，除了當時的各種意見可供參考外，也發現它是一部年代曖昧的小說。

首先，它的歌仔戲題材無疑可納入鄉土文學的系譜，但在一九九〇年，鄉土文學的風潮早已平息。雖說每個時代都有自己的鄉土文學，但鄉土題材的小說在當時確已難獲讀者、論者青睞。僅就歌仔戲沒落的題材看，在一九六一年陳若曦的〈最後夜戲〉及一九七八年洪醒夫的〈散戲〉都已處理過相同議題。所不同的在於陳、洪兩位的作品是短篇，而淩煙是長篇。平心而論，這個題材值得一部長篇小說來寫，只可惜《失聲畫眉》出現太晚，時不它予。

另一方面，戲團的環境容易造就同性戀情，因此該書也涉及同志議題。相對於一九九〇年代中期風起雲湧的同志文學，《失聲畫眉》算是先行者——當然，比起白先勇的《孽子》仍遲了一步——不過同志問題實非該書重點，以酷兒文學的尺度論該書，對它也不盡公平。

在文學獎掄元的作品竟與同時代的文學潮流格格不入，這並非常態。一九九二年《失聲畫眉》改編為電影，影評普遍不佳。聞天祥認為：「江浪（即鄭勝夫）為本土的歌仔戲拍了一部《失聲畫眉》，其寫實也只有奇觀的成分。女主角回憶小時候在滂沱大雨中看野台戲的回憶場面，成了全片極少數與歌仔戲感情有關的細節。」、「我們看不到史觀，也析不出感情。一廂情願簡化的結果，虧待的正好就是歌仔戲，剩下的就是不明究裡的同性戀。」所言甚是。值得思考的是，或許當年《失聲畫眉》大部分的讀者也是抱著一種獵奇的心態來看這本書——人們想知道它究竟憑什麼得到百萬獎金，但期望越高、失望就越大，而責任或許不僅在凌煙一人。

《失聲畫眉》之後，凌煙仍持續寫作。中、短篇合集《養蘭女子》（一九九一年一月，派色文化）與長篇小說《愛情夏威夷》（一九九一年一月，派色文化）應是得獎前已經完成的；但兩部長篇《寄生奇緣》（一九九二年八月，希代）與《柴頭新娘》（一九九四年二月，躍昇文化）就是「後《失聲畫眉》」的作品了。可歎的是，作家雖頂著「百萬小說獎得主」的光環，以上四本書卻未引起任何反響，乃至於日後竟有論者誤解，以為凌煙曇花一現，在得獎之後就此擱筆——這又是另一件必須澄清的事。

不過，凌煙確實停筆了幾年，那是一九九〇年代中期開始的事。二〇〇二年她出了一本散文集《幸福田園》（二〇〇二年六月，晨星文化），我們才知道她暫停創作的原因，是去過「只羨鴛鴦不羨仙」的日子了。

這種暫停的狀態，絲毫不必惋惜，因為它很像有機農作的生產過程。一塊地要被認定為「有機農地」，必須先休耕若干年。休耕幾年後所栽種的作物，才能算「有機作物」。作家寫作也是如此。有些作家勤寫不倦，但內容不斷重覆，反令人失望。不如擱筆一陣子，日後寫出「有機作品」來。

文壇再度聽聞凌煙，是二〇〇七年的事：凌煙以《竹雞與阿秋》榮獲第三屆「Takau打狗文學獎」長篇小說首獎（二〇〇七年十二月，遠景出版）。凌煙自認這個獎「有特別的意義」、「正式宣告（她的）復出」。

承接「Takau打狗文學獎」的光熱，凌煙出版了《失聲畫眉》的續集《扮裝畫眉》（二〇〇八年九月，春暉），該書實際完稿於二〇〇七年五月。在〈序〉中凌煙自述：「離開戲班二十多年，我一直與戲班的朋友保持聯繫，發現她們的人生故事往往比戲台上演出的更精彩，戲一齣一齣上演，那真是一個戲如人生，人生如戲的世界，吸引我想將她們的故事創作出來，也對這一個題材做一個完整的呈現。」

原來，凌煙從未離開《失聲畫眉》，她依舊關懷著那日漸凋零、殘破的歌仔戲台。

就主題而言，《扮裝畫眉》不脫《失聲畫眉》的範疇，仍是一首歌仔戲的沒落哀歌；許多研究者所關心的同志議題也未缺席。兩本《畫眉》最大的不同在於寫法。《扮裝畫眉》的佈局比《失聲畫眉》龐大許多，情節多線進行卻不紊亂，展示了凌煙的寫作功力。

另一點不能不注意的則是台語書寫。在《扮裝畫眉》中，凌煙為了保留寫實性，將所有對白以台語呈現，並以可讀懂的漢字寫出。

眾所週知，台語書寫在近幾年有許多進展，早已跳脫漢字的侷限，羅馬拼音或造新字都是常見、且被允許、被尊重的手法。但在《扮裝畫眉》中，凌煙卻一個拼音或造字都不用，她老實地選擇意義、發音相同或相近的漢字來表現台語，並貼心地在每句台語對白後面以括弧註明它的國語（北京語）。

今年（二〇一〇年）高雄縣鳳邑文學獎決定頒給凌煙「文學貢獻獎」，理由是她的小說「透過劇團來呈現台灣的底層社會，為小人物發聲，其描寫小人物的生活非常鮮活，並碰觸到同性戀的議題，且在語言的運用上，試圖用台語去表達，這是很大的突破。」（評審蔡文章語）其中「試圖用台語去表達」一說，實只針對《扮裝畫眉》。

相較於現今許多台語作家，凌煙的台語書寫無疑仍嫌保守，但凌煙的作法能照顧到不識拼音、甚至不諳台語的讀者，這點應予肯定。

《扮裝畫眉》的結尾是這樣的：

「豆油哥揮汗如雨的在戲台上廝殺，穿著高靴扮演關公的她顯得威風凜凜，正氣衝天。沉潛了將近二十年的戲胞全部復活，關公為保二嫂過五關斬六將，直到倒拖刀斬蔡陽那一幕，台下爆出一片熱烈的掌聲。

「她揮刀捋鬚擺出一個尪仔架（架式），注視著台下那些交頭接耳，正對她品頭論足的內行老觀眾，感覺好像又重回演內台戲的美好時光。」

掩卷時我突然領悟：凌煙豈非就像豆油哥，不管時代潮流如何，堅持演自己的戲、唱自己的歌？高朋滿座也罷，兩三熟客也行；戲，總是要唱下去。

票房不是創作者該考量的事，恐怕也非創作者能掌控。當年凌煙暴享大名，《失聲畫眉》曾創下數萬冊的銷量；如今凌煙愈寫愈好，《扮裝畫眉》初版五百冊，賣了兩年仍有庫存。二十一世紀已走過十年，再寫歌仔戲沒落，關心的讀者寥寥，這毫不令人意外。只是，《扮裝畫眉》畢竟非寫不可，有了它，《畫眉》二書才顯得圓滿。至於日後會不會有第三部曲呢？不妨拭目以待。

從《失聲畫眉》到《扮裝畫眉》，凌煙本人應未曾預料自己的作品替台灣鄉土小說延續著香火；但若低估一位持續書寫自己所關注的主題的小說家，絕非台灣文壇之福。鳳邑文學獎頒獎給凌煙，實際上也肯定了她創作二十幾年來的自我堅持。

——二〇一〇年十一月十日《台灣時報副刊》

——為二〇一〇年凌煙榮獲高雄縣第七屆「鳳邑文學獎・文學貢獻獎」而寫

# 台灣棒球小說史的新頁

## ——序朱宥任《好球帶》

球季開打未久，老球迷發現一位初登場的新秀實力非凡，興奮地想：未來要緊盯著這位球員，有他上場，必有好球可看——閱讀朱宥任的《好球帶》，我的心情大概就是這樣。

一部《台灣棒球小說史》可用中華職棒成立來粗略劃分為前、後期，職棒的成立，實質影響了台灣棒球小說的書寫內容。朱宥任恰巧生於一九九〇職棒元年，未見識過紅葉、金龍及少棒青少棒青棒「三冠王」盛況。如今這個棒球寫手新世代崛起，象徵台灣棒球小說展開新頁。

這是朱宥任第一次出書，且是一部棒球小說集，更是台灣文學史上第一次有作家以「棒球小說」做為首部作——光是這點，本書就具有特殊意義。我想起美國猶太裔作家瑪拉末（Bernard Malamud, 一九一四–一九八六），他的首部作也是棒球小說：《天生好手》（*The Natural*, 一九五二）。不同的是，《天生好手》是長篇，而

書名：《好球帶》
作者：朱宥任
文類：短篇小說集
出版社：九歌出版社
初版日期：二〇一四年五月

《好球帶》是短篇集。

台灣文學史上曾有一部傑出的棒球短篇集，那是上個世紀末的事：張啟疆的《不完全比賽》（一九九九年，九歌出版）。在該書出版十五年後，朱宥任此書接續了台灣棒球小說的香火。

張啟疆是球場老將，朱宥任則是新手上場，將兩人相提並論並不公平，但兩人相較也是必然的——畢竟這是目前唯二出過棒球短篇小說集的作者。張啟疆文字精準凌厲、節奏明快、取材廣闊、熟稔棒球史（寫過多部棒球評論），這些都是朱宥任必須學習的。朱宥任擅寫球員心境，心思細膩，這是優點。年輕如他寫起假球毫無火氣，對善惡不輕易選邊，冷靜是夠的，卻掩飾了球迷應有的熱情。他至今尚未觸及棒球的國族寓意，格局亦顯然較張氏略遜一籌。

但即使稍遜張啟疆又如何？張啟疆出版《不完全比賽》時已三十八歲，名滿文壇，朱宥任來日方長。更何況，朱宥任也寫出一些棒球小說的新貌，譬如他注意新話題：如樂樂棒球、高速攝影機、職棒名人堂等。又譬如〈好球帶〉將棒球與漫畫同人巧妙結合，令人耳目一新。都說棒球是台灣國球，可絕大多數的台灣人卻是「一日球迷」，平常並不關心棒球，從這個角度看，死忠球迷不就像死忠漫迷，都是少數，甚至都是一種次文化？〈好球帶〉曾獲二〇一一年「聯合文學小說新人獎佳作」，查看當年的評審會議紀錄，可發現有評審一時還無法適應該篇，這是世代差異。但時間站在年輕人這邊，無庸置疑。

我不知道當年瑪拉末《天生好手》出版之後，美國文壇如何看他，我猜想難免有人會期待他繼續寫棒球小說。但無論如何，《天生好手》是瑪拉末唯一的棒球長篇，他是一代小說宗師，主要成就卻非棒球小說。朱宥任這本書「從棒球看人生」，看出不尋常的人生景觀，可說擊出一記漂亮安打。我讀此書，看到一位可期待的小說新銳，而不只是個棒球小說家。棒球是寫不完的，但我期待朱宥任不必急，不妨放開去寫各種題材，培養多種知識，累積寫作與生活經驗，他日「從人生看棒球」，會是另一種境界。

——二〇一四年四月二十六日《聯合報副刊》

——收入朱宥任《好球帶》，為該書〈代序〉

# 冷眼小說寫時論——評魯子青《煙波江上使人愁》

《煙波江上使人愁》是小說家魯子青的新著，封面上有一個極為嚴肅的副標題：「兩岸間的認同探索與家國幻滅」，乍看之下，很難想到它是一部短篇小說集。但事實上魯子青的小說集一向如此「包裝」，例如：《背叛：都會小說中情慾的想像與迷思》（二〇一二年二月，三民書局）、《兩岸之間：小說的離散記憶與口述歷史》（二〇一二年七月，禾田人文）、《我手稿中的夢幻新娘：一個後設小說的研究實例》（二〇一二年九月，禾田人文）、《摘星夢碎：隱喻與小說中的空間想像》（二〇一三年八月，禾田人文）、《籠與鳥：顏色意象在小說中的聯想與暗示》（二〇一三年九月，禾田人文）、《再世緣：小說中的自我解構與家國認同》（二〇一四年二月，禾田人文）、《彩妝母女三世情：一項台灣當代哥德風的小說實驗》（二〇一四年七月，禾田人文）等。替小說集加上這類不像小說標題的副標題，魯子青在台灣小說界獨樹一格。而這些副標題無疑想提示讀者：閱讀此書

書名：《煙波江上使人愁：兩岸間的認同探索與家國幻滅》
作者：魯子青
文類：短篇小說集
出版社：禾田人文出版社
初版日期：二〇一五年四月

應注意作者寫作的初心，他有意以小說探索、反映、辯證一些文學與社會的議題。

《煙波江上使人愁》收錄十四篇短篇。其中〈劫與結〉一篇的篇名具象徵意義。該篇的敘事者原是二十年前台灣旅行團在大陸千島湖罹難者的小孩，當他長大成人，又回到千島湖，原因複雜，不僅為了祭奠先人，也是避仇「跑路」，順便與新婚妻子度蜜月，還兼負有替老奶奶尋人的任務。所有懸念在小說最後都一一化解，但現實上的兩岸「劫」或「結」，留待讀者繼續思考。

做為書名的〈煙波江上使人愁〉，結構與〈劫與結〉類似，都是台灣人旅遊大陸的見聞，也都有跨海尋人的情節。敘事者找到了在大陸上的生身母親，但與她僅有一面之緣、卻有救命之恩的劉先生（劉下士）卻難再尋，就算打聽到他的身世，也十分不堪。另一篇〈姊姊與我〉的認親情節同樣諷刺，一個「疑似親人」的大陸人來台灣尋親，卻揭發在台灣的兩姊弟並非同一個父親。兩岸人民的來往常有曖昧之處，有些「真相」是否有必要一一確認？令人玩味。

然而，魯子青是喜歡揭露「真相」的小說家，所以讀他的小說不會令人太愉快。〈天地不仁時〉這篇談到流浪狗，但幾位角色的遭遇都很慘，簡直不知人與狗哪個更慘。小說家甚至搬出佛理來嘲諷：「不論人與狗再如何相殺相吞、互咬互食，反正肉入大腸全化為一坨屎，實在難分到底是人屎還是狗屎。佛家的觀點好像認為：嗜食狗者下輩子會因果報應投胎作狗，而被吃的狗兒則會由畜轉世為人。這麼說吃了人的狗，下輩子就會投胎作人，而被狗啃蝕掉的嬰兒，下輩子反倒六道輪迴轉世為小狗仔了？」（頁十六）

像這樣的冷眼與冷言，毫無救贖之可能，幾乎便是魯子青的風格。〈酷女的生成〉一篇，苗老師見到二十二年不見的親生女兒小萍，但小萍的教養讓她無法領教，便繼續假裝自己仍是外人，急忙退出僵局，真是「相見不如不見」。〈愛聽秋墳鬼吹燈〉的敘事者終究領悟到人比鬼更可怕、更難和平相處。〈菩提祭事〉的最後，呂家盛「心中想著：以我家多年來在殯葬業的口碑，我只要如法炮製，也以人頭組織互助會著手吸金，那我這生不知可減少多少年的奮鬥啊！如此怦然心動下，他毅然決然開始策劃起下一波的倒會陰謀……」（頁八十八）魯子青的筆下，壞人固然有壞報，但受到教訓後仍繼續使壞，死不悔改。而好人呢？亦從未過得比壞人更好。難道這就是小說家意欲揭露的社會真相？如今的社會是否如此姑且不論，只是，作家是否該多給一些溫柔與救贖？

全書中唯一一篇看完能讓人鬆了一口氣、放下心中石頭的應是〈慧海慈航〉這一篇，該篇結尾之所以讓人安定，是因為訴諸宗教。「老人彥伯望著無垠的大海中，又想起了二十年前他在等待中無助死去的老伴，於是他口中唸起了佛號，為與自己毫無血緣關係的女嬰茹茹開始默禱著……」（頁一六三）然則，對照〈天地不仁時〉對佛理的嘲諷，令人無法相信作者對宗教力量抱持信心。真正的關鍵，應該還是人性的崩壞。宗教是好人的依靠，但對於壞人、壞心也無能為力。

對於關心時事的讀者而言，魯子青的小說情節往往有似曾相識之感。他的小說題材源自繽紛的時事，寫實性極高，但這難免降低了小說的虛構性；而時事話題不耐久放，亦有傷小說的雋永。他的小說人物往往環環相扣，一群人做出一些事，而這群人或多或少都有所牽連。這樣的短篇，其實具有寫成長篇的潛力。或許他不妨以長時間醞釀一部長篇，將一些情緒沉澱，讓作品更入味。

魯子青的筆極快，出書更是積極，近五年每年都出版一、兩部短篇小說集，總字數早已超過百萬字。近幾年他榮獲多種文學獎，如南瀛文學獎、府城文學獎、玉山文學獎、浯島文學獎、教育部文藝創作獎等，但似乎未受太多注意。現在關注他已略遲，但願還不算太遲。

——二〇一五年十一月《文訊》第三六一期

# 高雄山海的依戀——讀蔡文章高雄三書《永遠的小林村》、《海の故鄉》、《山の故鄉》

許多人知道，蔡文章是知名的高雄在地作家。他之所以取得「高雄在地」的印記，一來是因為他在高雄從事許多文學活動，譬如主辦多年「阿公店溪文學獎」，提供高雄學子一個書寫在地的園地；二來也因為他確實以高雄為題材寫過多本書。光是最近三年，他就出版了三本以高雄為題材的散文集：《永遠的小林村》（二〇一二年八月）、《海の故鄉》（二〇一三年八月）以及最新出版的《山の故鄉》（二〇一五年五月）。三本書均由高雄在地的春暉出版社出版。

《永遠的小林村》雖出版於二〇一二年，但寫作年代橫跨四十餘年，書中最早的篇幅寫於一九六〇年末，當時蔡文章剛從屏東師專畢業，分發在小林國小任教。四十幾年來，蔡文章寫了四十幾篇關於小林村的文章，最後集成這本《永遠的小林村》。

《海の故鄉》與《山の故鄉》則全是蔡文章的近作，兩書互相補充，從書名便一目了然，寫的是高雄的兩個面向：海與山。這兩本書的內文編排方式也極為相似，《海の故鄉》內分五輯：「海の故鄉」、「羈旅札記」、「人物懷想」、「打狗鄉情」、「文學紀實」；《山の故鄉》則分四輯：「鄉土情懷」、「羈旅札記」、「打狗鄉情」、「文學紀實」。

《海の故鄉》中的「人物懷想」收錄三篇懷念辭世作家的散文，分別寫文彥、錦連與鍾鐵民，從這三篇文章特別能看出蔡文章與朋友交往的熱情。譬如他寫與文彥曾有四十年未知彼此音信，但再度聯繫上之後，交情絲毫未減。又如錦連發表新書，邀他參加新書發表會，蔡文章開玩笑地說：「一定！前輩，就講半暝我嘛拼去！」字句中滿溢蔡文章對於能參加錦連新書發表會的興奮。

而寫鍾鐵民的〈含笑天庭〉的開頭是這樣寫的：「光陰荏苒，鐵民兄已走了年餘，但感覺他仍在人世，這些睽違的日子裡，我一直認為他是去一次遠行，終究還是會回到他熱愛的故鄉。」深情躍然紙上。《山の故鄉》中另有一篇〈笠山下一道永恆的亮光〉（收錄在輯一「鄉土情懷」）也是寫鍾鐵民，蔡文章自認與鍾鐵民「都熱愛鄉土，對故鄉都有一份深厚的愛意」，確是中允之論。

兩書中最重要的篇幅，當推「打狗鄉情」，這是蔡文章在《高市青年》的專欄，每篇介紹一個高雄的行政區。《海の故鄉》收錄七篇，分別介紹梓官、彌陀、永安、茄萣、湖內、路竹與橋頭；《山の故鄉》則收錄十篇，分別介紹阿蓮、田寮、燕巢、內門、杉林、甲仙、六龜、那瑪夏、茂林及桃源。「打狗鄉情」專欄原意在介紹地方文史，但因為蔡文章幾乎在每一區都有生活經驗，偶爾在文中夾帶自己的經歷，知性與感性兼具，讀來毫不覺枯燥。

蔡文章以書寫鄉土為職志，這三本書具體展現了他對於高雄山海的依戀，不僅是高雄文學地景書寫的收穫，無疑亦是蔡文章近期的代表作，值得關心高雄文學的讀者參考。

——二〇一五年七月十三日《台灣時報副刊》

——收入蔡文章《土地之愛》（春暉，二〇一八年六月）

# 這就是古龍——評古龍《古龍散文集》

武俠小說是通俗文學，在傳統的文學觀念裡，武俠小說不值文人一顧。但這樣的觀念早已過時，如今武俠小說已做到通俗中兼顧藝術，令學界無法忽視。好的武俠小說就是好的文學作品，有些經典級的武俠小說，其文學價值與「嚴肅小說」相較毫不遜色。然而，武俠小說家除了武俠作品之外，是否還寫其他文學作品呢？這兩年香港天地圖書出版社開闢了「武俠小說家散文系列」，至今（二〇一六年八月）已出版四冊，包括：《還珠樓主散文集》（二〇一四年十月，四六二頁）、《王度廬散文集》（二〇一四年十二月，四三二頁）、《梁羽生散文集》（二〇一五年七月，四三二頁）及《古龍散文集》（二〇一六年三月，四六〇頁）等。雖名為「散文集」，但更準確來說是「雜文集」；而雖未說明是「選集」，其實經過編選。

武俠小說家出版散文集並非史無前例。以台灣而言，遠流出版社就曾出版過《金庸散文》（二〇〇七年七月）及《梁羽生散文》（二〇〇八年八月），出版時

書名：《古龍散文集》
作者：古龍
主編：陳舜儀
文類：雜文集
出版社：香港・天地圖書有限公司
初版日期：二〇一六年三月

兩位大師均在世，編選過程也經作者本人認可。如今金庸依然健在，但梁羽生已於二〇〇九年一月病逝澳洲。目前香港天地圖書所出的這四本書有個特點，便是作者均已仙逝，各卷主編是在掌握其全部作品的情況下編出的，有蓋棺論定的意味。

這四位中唯一一位台灣作家是古龍。事實上台灣也曾出版古龍的文集，只不過內容並不純粹。那是風雲時代所出版的《誰來跟我乾杯》（二〇〇八年七月，三一七頁），該書分四輯，其中前三輯是雜文、專欄及序跋，但輯四「短刀篇」近百頁，卻是兩個武俠短篇，包括〈賭局〉及〈狼牙〉。

香港天地圖書新出的《古龍散文集》當然比風雲時代版豐富許多。該書編者陳舜儀是台灣人，因在網路上評論古龍而著名，曾編過吉林時代文藝所出版的古龍散文集《笑紅塵》（簡體版，二〇一二年六頁，共四一五頁），《笑紅塵》與《古龍散文集》內容頗多重複，但不同之處也很多，譬如《笑紅塵》收錄古龍早期的翻譯作品，《古龍散文集》則無。而陳舜儀亦承認，《笑紅塵》在編選上「政治上又有一些規矩，不但一九四九年以後的民國紀元一律被改成公元，若干敏感字眼也一律清空」（《古龍散文集・編者序》頁五）。

《古龍散文集》分為五輯，輯一「他眼中的江湖」呈現古龍對於武俠的看法，包括他評論其他武俠名家以及為他人作品所寫的序跋；輯二「他創造的世界」是他自己作品的序跋；輯三「他舉過的酒杯」收的是無法納入其他四輯的雜文；輯四「他說過的不是」是古龍晚期在《民生報》的專欄「不是集」；輯五「他點名的小吃」則是古龍在《民生報》的另一個專欄「台北的小吃」。最後並附錄「古龍小傳」及「古龍散文年表」。

古龍的作品自成一格，最大的原因是他創造了一種特殊的文體。這種文體蜿蜒曲折，卻不保證最後的柳暗花明。一般的邏輯思考是黑格爾式的「正、反、合」，但這種三段式辯證法太簡單，不夠古龍使用。古龍的筆法可能是「正、反、正、反、反、正……」，而結論也不一定是「合」，往往是再拋出另一個問題來充當答案。

讀古龍的小說經常會遇到這種古龍式邏輯推理。但再怎麼「經常遇到」，也絕不像這部《古龍散文集》這麼頻繁、這麼密集。不論喜不喜歡，無人能否認古龍是個文體家，他創造了「古龍式文體」，其特色無人能取代。若說文學貴在展現個人特色，古龍不但做到，而且做得很成功。

眾所周知，古龍成名之後在生活上缺少節制，連帶影響到作品的質量。陳舜儀的編選原則是「偽作的序跋不選」、「有一些晚期文章，或許是因為懶惰而沿襲舊文的內容，讓讀者們頗為詬病，這種文章我們也儘量不選。」（《古龍散文集・編者序》頁六）而儘管編選者已嚴格把關，有時對既成的事實亦無能為力。本書中有多處文字重複，是因為古龍當初把自己舊作的文字「複製」、「貼上」在另一篇新作，編選者決定以原貌呈現，不予刪減，應是無奈但正確的做法。

許多人覺得古龍早逝可惜，沒能像金庸一樣有機會修訂自己的作品，使其精益求精。但性格決定命運，古龍以浪子自居，留下缺憾在人間，合情合理。

天地圖書在短期內連出四部「武俠小說家散文集」，還曝露出一個事實，讀還珠樓主、王度廬及梁羽生，會佩服他們寫作的題材廣闊、學問淵博，古龍與前三賢比起來，知識範疇狹窄許多。這個現象在小說中也看得出端倪，只是不如散文／雜文來得明顯。許多武俠小說家常在作品中穿插各種學問（如歷史、地理、宗教、醫藥、飲食、博弈、武術技擊、幫會組織、兵法……等），但古龍卻很少談這些，他的小說以語言獨特有味、人物形象突出、情節跌宕多變著稱，自成一個小宇宙。讀其他「武俠小說家散文集」，時有「看到作者另一面」的驚艷；而讀《古龍散文集》比較遺憾的，是它並未提供給我們「不同的古龍」。但這就是古龍，至真至性。

無論如何，《古龍散文集》是現今收錄最全面、編選最用心的一部古龍文集。在古龍研究的脈絡中，該書的出版具有里程碑的意義。

——二〇一六年十一月《文訊》第三七三期

# 古龍八十年

武俠小說家古龍生於一九三八年，逝於一九八五年，享年四十七歲。今年（二〇一八年）六月七日，是古龍八十歲冥誕。

古龍英年早逝，但他死後聲望日隆，他留下的作品繼續以文字、漫畫、影視、電玩、線上遊戲……等各種形式傳頌不墜，滋養著一代又一代的華人。在武俠文學世界裡，世人皆知金庸與古龍是並列最高位的大師。

古龍當然屬於全球華人，但他是台灣作家，所有作品都在台灣寫出。若從文創產業的角度看，古龍的影響力在台灣作家中無人可出其右。

「古龍八十年」原可以是一場熱鬧的武俠文化嘉年華，但今年六月七日我在台灣看著這一天就像日常的每一天，寂靜地流過，感到深深的悲哀與寂寞，為古龍，也為這個不重視文化的島嶼。

當然，並非全世界都遺忘古龍。早在去年下半年，現居山西的古龍研究者顧雪衣即在網路上發起「『古龍風』武俠小說徵文活動」，向全球華人徵稿。徵文時並順帶公告了評審團陣容。評審委員共有五位，包括台灣師範大學國文系林保淳教授，他是前任的中華武俠文學學會會長。也包括「古龍大弟子」武俠小說家丁情（一九五四－二〇一八），可惜丁情於今年五月五日因病去世，未能實際參與這項活動。公告評審團的陣容並非徵文比賽慣例，該組委會如此做法，應是要昭告網友，這個徵文具有一定的公信力。

「『古龍風』武俠小說徵文」的評審結果已於六月七日古龍八十誕辰當天在網路公告，由於作者均以網名投稿，無法判斷來歷，但這畢竟是一個簡體字的網路徵文，估計台灣網友參賽的比例不高。

## 台灣的古龍研究落後對岸

若要說在台灣有什麼活動呼應「古龍八十年」，應只有經營古龍作品的風雲時代出版社在近半年連出了五部有關古龍的研究專論，讓「古龍學」的基礎更加穩固這件事。這五部書分別是：

程維鈞著《本色古龍——古龍小說原貌探究》，二〇一七年十二月
覃賢茂著《評傳古龍——這麼精采的一個人》，二〇一八年六月
覃賢茂著《武學古龍——古古龍武學與武藝地圖》，二〇一八年六月
覃賢茂著《經典古龍——古龍十大經典排行點評》，二〇一八年六月
冰之火著《小說古龍——成為楚留香和小李飛刀之前的事》，二〇一八年六月

程維鈞的《本色古龍》著重版本的比對考證，學術貢獻極大。覃賢茂一口氣推出「古龍三書」，體系完整，部分篇章歸納各書的共同細節，兼具工具書的功能。冰之火本名陳舜儀，曾主編《古龍散文集》（香港天地圖書，二〇一六年五月），這部《小說古龍》用後設小說的形式來評論古龍早期作品，饒富趣味。

然而三人之中，程維鈞是浙江的民間學者，覃賢茂任教於四川大學，僅有冰之火出身台灣，這恰巧呼應了一個事實：對岸的古龍研究，已遠遠超越台灣了。

二〇〇五年六月，淡江大學中文系曾以「一代鬼才：古龍與武俠小說」為主題舉辦了「第九屆文學與美學國際學術研討會」，這是至今（二〇一八年六月）台灣唯一一場古龍學術研討會。第二場古龍研討會不知要等到何時？而由國立台灣文學館出版、台灣文學發展基金會主導之《台灣現當代作家研究資料彙編》，自二〇〇

九年至今已出版一百位台灣作家的資料，也還沒輪到古龍。若說台灣的古龍研究成果豐碩，那是自欺欺人。台灣學術界若再不急起直追，日後古龍研究的發言權將由對岸掌握。

## 古龍對武俠電影貢獻良多

台灣如果重視古龍，在「古龍八十」這一年，應可以做得更多。除了學術界，影視界也不妨共襄盛舉。

古龍小說改編成電影無數，其高峰是一九七〇年代後半，當年的「古龍原著、楚原導演、倪匡編劇」是香港邵氏公司的黃金鐵三角，他們合作的《流星蝴蝶劍》（一九七六）、《天涯明月刀》（一九七六）、《楚留香》（一九七七）……等，均叫好又叫座。若無古龍，如今的華語武俠電影發展史或邵氏公司電影史，都將缺少一大塊。事實上古龍也是電影人，他曾自組製片公司，也多次參與電影編劇。

倪匡於二〇一二年榮獲第三十一屆香港電影金像獎終身成就獎，今年楚原也榮獲同獎項（第三十七屆）。台灣電影金馬獎是否注意到「古龍八十年」這件事呢？能否在今年的金馬獎上，有回顧古龍的篇幅呢？

「古龍八十年」目前只過了一半，衷心希望今年下半年仍有與古龍相關的活動陸續登場。若「古龍八十年」毫無動靜，則不僅是古龍的寂寞，也將是台灣文化的寂寞。

——二〇一八年七月四日《台灣時報副刊》

# 白鴒鷥的躑躅——讀王希成台語詩集《有一隻白鴒鷥》

《有一隻白鴒鷥》是王希成最新的台語詩集，亦是一本詩畫合集，內分五卷，收錄四十八首詩，並搭配新生代插畫家戴怡平的逐首插畫。

白鴒鷥即是白鷺鷥的台語。王希成在〈自序〉中說：「在用台語書寫，在開始土地與人的對話時候，產生了一種『我是白鷺鷥，白鷺鷥是我』的微妙情感。若說每位詩人都有一種自己特別喜歡的動物象徵，那麼毫無疑問，我會說：白鷺鷥。」（頁七）

然而詩集的封面圖卻是一隻佇立的白鴒鷥，這隻白鴒鷥並不飛翔。為何不飛翔？因為不捨。在這部詩集中，有多首書寫高雄地景（如第一卷「玲瓏踅」），這是對空間的不捨。亦有多首寫生離死別（如第四卷「目屎滴」），這是對時間的不捨。就像〈有時陣白鴒鷥嘛是會飛來〉一詩中說的：「親像規湖安靜的午時蓮／含水保濕彼個欲乾去的希望／有時陣白鴒鷥嘛是會飛來／停憩淡薄仔安慰的言語」

書名：《有一隻白鴒鷥》
作者：王希成
插畫：戴怡平
文類：台語詩／插畫合集
出版社：春暉出版社
初版日期：二〇一八年一月

（頁三十三）。白鴒鷥飛來，是為了在此停憩。

但個人可以歇步躑躅，時間的流逝卻永不停止。「歲月果然親像流水／沖走上班的日子／沖走一寡親戚朋友的身苦病痛／愈老愈袂曉的算術」（頁五十一）。既然歲月不停歇，詩人只有用文字留下記錄。

王希成的詩集，不僅可閱讀，亦可聆聽。目錄頁裡有個QR Code，用手機掃描後即可連結到雲端，聆聽王希成本人逐首錄音的朗讀。這相當於附錄了一片CD，但更為先進與環保。

眾所周知，台語經常一字多音。讀者閱讀台語詩，有時無法確定作者如何讀詩句。這次王希成逐首朗讀，解決了這個問題。這樣的出版方式，應可供其他台語詩人參考。

戴怡平的插畫亦是本書的亮點。她使用水彩來為這些詩繪製插圖。水彩顏料與水的交融，層層疊疊，恰似王希成文字中滿載的熱情與溫暖。

事實上王希成上一部台語詩集《詩影閃熠——現此時星光烏陰日頭金熠熠》（二〇一五年五月，高雄市政府文化局出版）亦是一本詩與攝影的合集，由施炎塗提供攝影作品，讓人覺得賞心悅目。此次除了插畫，更加上朗讀，都是值得肯定的用心設計。儘管王希成的詩經常感慨時代走得太快，但從他出版詩集的方式看來，這位詩人確是與時俱進，不肯落伍。

——二〇一八年三月八日《台灣時報副刊》

# 記取那些最後的亮光——讀李敏勇《墓誌銘風景》

《墓誌銘風景》是詩人李敏勇最新的短文集，收錄七十則世界各國名人的墓誌銘及相關事蹟介紹。這本書寫作歷時七年多（二〇一〇歲尾－二〇一八年初），原是《聯合報副刊》的專欄。

在本書〈序說：生命的亮光，人間的印記〉中，李敏勇借用詩人詹冰的兩首詩〈墓誌銘〉與〈自畫像〉來解釋：「〈墓誌銘〉和〈自畫像〉其實是一首詩的兩種形式。」（頁四）依此說法，則閱讀墓誌銘，等於閱讀一個人。

書中所述人物，包含文學家、電影導演、思想家、科學家、宗教家、政治家……等，並無限定範圍，但都是對世界有所影響的人物。編排上稍嫌混亂，作者（或編輯）以地區將此書分為「亞洲」、「歐洲」、「美洲」等三輯，各洲裡又分若干國家，卻未將同國籍的人物集中，令人不解。本書未能說明篇章排序的原則，實屬缺憾。「目錄」將中國的劉賓雁列為台灣人，應是筆誤。

書名：《墓誌銘風景》
作者：李敏勇
文類：散文集
出版社：玉山社
初版日期：二〇一八年五月

墓誌銘可長可短，短者如小津安二郎（一九〇三－一九六三），墓誌銘僅有一個字：「無」。長者如畫家劉啟祥（一九一〇－一九九八），墓誌銘是一首二十四行的詩〈願歷史之牆高掛著你崇高的遺囑〉，由李敏勇所作。而無論長短，都是逝者留在人世間的最後亮光。

作者在〈序〉提到：「相對於世界的文化先進國家，我們的墓園文化存在著許多缺陷，許多亡者之域常存在著凌亂不堪的空間場景，缺乏與人親近的整齊、清潔、美觀、雅靜。……台灣的許多墓園，不可親近，甚至讓人感到可怖。近年來雖有企業投入的改善，有時只凸顯堆砌的一面。而台灣的墓座習慣以在世男丁後人之名立碑，重起造人輕逝者，也讓人不解。」（頁十）

的確，台灣的墓園文化亟待改善。作者顯然不希望讀者將此書視為純粹的文學作品。但願廣大讀者在掩卷之餘思索墓園文化，則本書將不僅有文學上的意義，也具有生死學上的意義。

——二〇一八年十月十九日《台灣時報副刊》

# 詩人的守望——讀李敏勇《國家之夢，文化之愛》

《國家之夢，文化之愛》是詩人李敏勇最新的文化評論集，它有個副標題：「一個詩人的台灣守望二〇一七－二〇一八」，事實上本書是繼《文化窗景與歷史鏡像》（二〇一〇年四月）、《尋覓家國願景》（二〇一一年七月）、《文明之光，國家之影》（二〇一三年四月）、《台灣，自由之路》（二〇一五年三月）、《邁向重建時代》（二〇一七年三月）後，李敏勇一系列作品的第六集。自一九九九年五月起，李敏勇就固定在《自由時報》的「鏗鏘集」撰寫每週一篇的專欄，這一寫就寫了十九年，是場不折不扣的寫作馬拉松。

在報紙寫專欄免不了與時事結合，報紙專欄結集出書的機會很少，因為報紙是即時性的，但出書需要累積，編印的時間也較長，一旦出書，就必須考慮到文章是否仍具可讀性。無可諱言，以「事後諸葛」的眼光來看，本書中有些內容是落空了（譬如對選舉的期待）。但收錄在書中「立此存照」，卻也反映出台灣社會確實常

書名：《國家之夢，文化之愛》
作者：李敏勇
文類：文化評論集
出版社：允晨文化
初版日期：二〇一九年三月

令人跌破眼鏡。

李敏勇的專欄比其他作者耐讀，除了因為出自文學家的手筆之外，我認為還有兩點值得注意。一是他出身南部，屏東出生、高雄求學，雖已長住台北多年，但能跳脫「天龍國」的思考。譬如在〈院轄市迷思〉這篇，他能指出：

「台灣的院轄市升格，主要是因為統籌分配款的爭奪。地方行政首長猶如封建諸侯，院轄市更甚。本位主義重於區域平衡，人口多的現是先搶到錢再說，哪管不能升格的縣市。但錢多了以後，權力大了以後，原來的縣份偏遠鄉區呢？世界上有哪一個國家的『市』有那麼多偏鄉的？（中略）平平攏是台灣人，是共一個國家。區域均衡發展才是國民的福祉，但地域、階級的矛盾似乎常被本位主義政治人物挑起。沒有國家一體的共同體思維，自以為是的太多了。（中略）一個小小的島嶼國家，本來應該更有共存共榮的發展意識，但六院轄市統轄絕大多數人口，台北更是一個頭兩個大的畸形發展，只會形成頭重腳輕、站不好站不穩的現象。」（頁二八八—二八九）

另一點值得住意的是，李敏勇具有深厚的文化素養及國際觀，常以外國的先例為座標，反省台灣現狀。這點本來不足為奇，但在現今的台灣傳播界，越來越難得了。在〈書的這一扇窗〉一文中，他指出「日本報紙的前幾個版面迄今都只刊登出版廣告」（頁六十八），僅此一例，便對照出台灣的讀書風氣與日本相距有多遠了。

李敏勇說他寫報紙專欄是以「文明批評」自我期許，他「秉持世界畢竟朝向更文明的社會發展史觀」（頁三）來看台灣與世界。這樣的視野，不應只屬於李敏勇，而應屬於所有有思想的現代台灣人。

——二〇一九年五月一日《台灣時報副刊》

# 詩人的名字就是他自己——讀陳瑞山〈真正的詩人〉

陳瑞山的〈真正的詩人〉收錄在他的第三部詩集《重新出花》（二〇〇三年六月，書林出版，頁一九八）。全詩如下：

真正的詩人
出現時
他不會自稱為詩人
他只是說出父母親給他的名字
自我介紹

全詩僅有五行，語言平淡無奇，斷句也很正常，五行齊頭寫，形式堪稱單調。

然而，平凡中卻有一股雋永的韻味。

詩人寫詩，無非是抒發自己的性情，如果只是賣弄詞藻，甚至以文筆技巧來遮掩自己，那就不算「真正的」詩人，因為沒有真性情在。

有些詩人會取筆名。筆名的好處在於發表時可以隱身，但一旦成了名，筆名便成了另一個名字。名詩人即使用筆名，讀者也知道他的本名。這首詩無關「筆名」。如果認為詩人不必然會「說出父母親給他的名字」，而會說出自己所取的筆名，那就把詩讀歪了。

初寫詩的人，總希望有一天可以被世人認證是位「詩人」。但寫詩必須誠實，因為燈下執筆，面對的只有自己。只有詩人知道自己是否對詩誠實、對自己誠實。「自稱為詩人」是一種虛榮，可以洋洋得意一瞬間。但虛榮多一點，誠實就少一點。

以父母親給的名字來自我介紹，是平常人都在做的。但詩人不也是平常人嗎？真正的詩人，或許就是因為懂得這一點，才能寫出好詩吧。

——二〇二〇年一月三日《台灣時報副刊》

# 記蘭亭書店元年——懷念陳信元老師

轉眼間，陳信元老師（一九五三年三月二日－二〇一六年十月二十四日）已仙逝三年多了。他過世那段期間，我沒有寫悼念文章。但這些年來，我經常想起他。

我於二〇〇一年八月就讀佛光人文社會學院文學系博士班（今為佛光大學中國文學與應用學系），是該校第一屆博士生。信元老師是該系專任副教授，我雖未選修他的課，但同在一系，當然熟識。

或許是因為我已出過幾本書，信元老師視我為作家，始終對我很客氣。有幾次他身體欠安，還找我代他上大學部的課。我讀博二時，即與九歌出版社合作，創立「年度童話選」，將台灣童話往主流文學推進。因為這件事，信元老師說我「自成一家」，很看得起我。他的客氣與稱許，令我感激，也更加尊重他。

事實上我跟信元老師的結緣，並不是在礁溪林美山上的佛光校園，早在一九八二年他創辦蘭亭書店時，我就領受他的啟蒙了。

## 蘭亭書店初創，新書開放預訂

蘭亭書店並不是書店，而是一家出版社。信元老師是出版社編輯出身，更早之前曾於故鄉、蓬萊等出版社擔任總編輯，但在蘭亭書店的頭銜是發行人。該社的創業作是向陽主編的《每日精品》（一九八二年十一月一日），列為「當代文學大系」第一號。

《每日精品》是多人合寫的小品文集，全書一〇五篇，大部分僅佔兩頁篇幅，少數幾篇達三頁。它原本是《台灣日報・台灣副刊》上的專欄，該刊主編是陳篤弘，但實際負責這個專欄邀稿的是當時猶在《時報周刊》任職的向陽（後來他轉任自立晚報副刊主編）。這類小品文章在當年很受歡迎。《每日精品》暢銷且長銷，替這家新出版社奠下基礎。該書多次改變封面販售，我手邊有三種不同封面的版本，其中最晚出的是第四版（刷），出版日期是一九八五年五月十五日。

在《每日精品》初版本的書前刊有一頁啟事，列出「蘭亭當代文學大系」的編輯委員會名單，共有以下七人：

向　陽／自立晚報副刊主編
李瑞騰／華岡之友總編輯
林文義／散文家、漫畫家
蕭　蕭／詩人文學、評論家
黃武忠／幼獅月刊主編
應鳳凰／文學評論家
陳信元／蘭亭書店發行人

這份編輯委員會名單在之後的每一本「當代文學大系」的書前都有刊出。如今出版社出書，常見邀請名人掛名推薦。但蘭亭書店設立編輯委員會，意義更勝於推薦。

《每日精品》的書末還有一頁廣告，即使如今已三十幾年過去，讀來仍令人震撼，它的內容是這樣的：

鄭重向您推介
蘭亭當代文學大系

第一輯二十四本（每月一、十五各出版一本）
每日精品＋二十三位文壇備受矚目的年輕作家
百家小品＋二十三種不同風格的文學創作技巧
首次青年作家大結合、每本皆心血結晶之作

王定國小說集《離鄉遺事》、向陽散文集《在雨中航行》、吳錦發小說集《靜默的河川》、林文義散文集《不是望鄉》、履彊小說集《楊桃樹》、苦苓散文集《只能帶你到海邊》、蕭郎小說集《風雨北航道》、謝武彰散文集《煙波手記》、黃驗小說集《冷熱胸膛》、應鳳凰等《橄欖小集》、黃武忠小說集《西北雨》、陳銘磻散文集《這裡是個好地方》、蕭蕭雜文集《蓬萊速記》。

另有陳恒嘉、李赫、王幼華、陳祖彥的小說集及黃凡、陳煌、劉克襄、顏崑陽、陳列、袁瓊瓊、張大春等人的散文集。

一輯二十四本定價二〇四〇元，一次訂購一四四〇元並贈送下列高水準文學讀物——

新銳雜誌「陽光小集」（季刊）一年四期（定價四〇〇元）

「詩評家」一年六期（定價一二〇元）

請利用郵局劃撥，帳號＊＊＊＊＊

這是招募訂戶的模式，把書籍當作半月刊在販售。而這樣的作家、作品陣容，充分顯示該社獨到的眼光。我不知道當年這則廣告招來多少訂戶。當時我才讀高一，財力不足以訂閱，若是現在，當然會毫不猶豫下訂單。但我畢竟仍以零買的方式，沒錯過任何一本蘭亭書店的新書。

## 台灣文學的經典書系──「當代文學大系」十二部

在接下來的半年裡，蘭亭書店陸續推出以下十二本書：

「當代文學大系」第2號，王定國（一九五四─）《離鄉遺事》，一九八二年十一月十五日。

「當代文學大系」第3號，苦苓（一九五五─）《只能帶你到海邊》，

一九八二年十二月一日。

「當代文學大系」第4號，吳錦發（一九五四—）《靜默的河川》，一九八二年十二月十五日。

「當代文學大系」第5號，林文義（一九五三—）《不是望鄉》，一九八三年一月一日。

「當代文學大系」第6號，黃凡（一九五〇—）《黃凡專欄》，一九八三年一月十五日。

「當代文學大系」第7號，古蒙仁（一九五一—）《台灣城鄉小調》，一九八三年二月一日。

「當代文學大系」第8號，顏崑陽（一九四八—）《秋風之外》，一九八三年二月十五日。

「當代文學大系」第9號，謝武彰（一九五〇—）《煙波手記》，一九八三年三月一日。

「當代文學大系」第10號，履彊（一九五三—）《楊桃樹》，一九八三年三月十五日。

「當代文學大系」第11號，向陽（一九五五—）《在雨中航行》，一九八三年四月二十日。

「當代文學大系」第12號，陳煌（一九五四—）《飛鴿的早晨》，一九八三年四月十五日。

這十一本書裡，有七本出現在第一號《每日精品》的書末廣告中，有三本雖未預告書名、但已提及作者，可見廣告相當信實，並非信口開河。

十一本書各有其來歷。

第2號《離鄉遺事》是王定國第一部短篇小說集，收錄十三篇小說。其中包括他的早期名作〈留情〉、〈隔山〉、〈獎品〉（榮獲第三屆時報文學獎小說組佳作）、〈君父的一日〉（榮獲第七屆聯合報小說獎佳作）等。〈君父的一日〉想必是王定國得意之作，因為他的第二部短篇小說集《宣讀之日》（一九八五年十二月，五千年出版）重複收錄了這篇。與《離鄉遺事》差不多同時，他也出版第一部散文集《細雨菊花天》（一九八二年十月，采風出版）。王定國後來停筆數年，近幾年復出，成為最受矚目的小說家。

第3號《只能帶你到海邊》是苦苓第一部散文集。苦苓本是詩人，在此之前曾自費出版過兩部詩集（《李白的夢魘》、《緊偎著淋淋的雨意》）。這本《只能帶你到海邊》質量不俗，讓他多了一張散文家的身分證，書中最重要的一篇應是他甫獲第五屆時報文學獎散文優等獎的〈嶺上四十二〉。

第4號《靜默的河川》是吳錦發第二部短篇小說集，收錄十三篇小說。在此之前，他曾由東大圖書公司出版一部短篇小說集《放鷹》（一九八〇年四月）。葉石濤為該書寫序〈靜默的河川——美濃地方史的真實見證〉，該文副標題簡明含括了全書。吳錦發是從美濃出發的鄉土作家，一如他的偶像鍾理和。

第5號，林文義《不是望鄉》收錄五十篇短篇散文，林文義當時已出過多部散文集，是同輩散文家中的翹楚。此書出版後不久，他又出版另一部散文集《走過豐饒的田野》（一九八三年五月，四季出版），全書僅收十五篇。事實上《不是望鄉》與《走過豐饒的田野》是同時期作品，分別收錄較短與較長的篇章。兩本都是林文義早期散文的傑作。

第6號，黃凡《黃凡專欄》。顧名思義，這是黃凡所寫的專欄結集。黃凡於一九七九年以〈賴索〉榮獲第二屆時報文學獎短篇小說首獎出道，成為那幾年最紅的小說家，受邀在多家報刊撰寫專欄。他的專欄有時以小說筆法呈現，趣味十足，但也往往觀點不明，只留濃濃的諷刺意味，這跟他的小說風格倒是十分吻合。另外說句題外話，如今常見有人將這本書的書名寫為《黃凡專欄——給福爾摩莎》，起因應是該書的自序是〈給福爾摩莎——我永遠年輕的母親〉。但序文並非副標題，該書書名確實是《黃凡專欄》，而非《黃凡專欄——給福爾摩莎》。網路時代寫論文的往往連書都沒看到就相互沿襲／抄襲，因此錯誤就一代傳一代了。

在《黃凡專欄》的書前所刊出的「蘭亭當代文學大系」的編輯委員會名單，有個小變動，就是移除了應鳳凰，加入苦苓，他的頭銜是「明道文藝執行主編」。蘭亭書店並未交代為何有這樣的變動，幾個月後，該社推出另一個書系「現代詩叢」，由苦苓擔任主編。不難想像是從這時開始，信元老師與苦苓有更進一步的合作關係。

第7號，古蒙仁《台灣城鄉小調》。這是唯一一本並未在《每日精品》書末預告的書。古蒙仁原是小說家，後來轉攻報導文學。彼時我喜歡小說甚於報導文學。古蒙仁在本書〈自序〉中說：「這個時代的變遷，絕對是小說寫作的好題材，可是它的涵蓋面實在太廣了，也絕非短短一、兩年內所能奏功。小說因此擱下不寫，卻斷斷續續地寫了許多報導，倒也寫出了許多我在小說中不敢貿然嘗試的東西。」（頁二）當年的我讀不懂這些話，曾替這位小說家惋惜，如今我不再這樣想。無論寫小說或報導文學，古蒙仁的才華都未虛擲。

第8號，顏崑陽《秋風之外》。這本書原由香草山出版（一九七六年九月），坊間售罄，顏崑陽重編此書，略有增減，交給蘭亭出新版。書前〈我的第一本書——新版代序〉有句話：「以前我以詩人的心眼去寫散文，今後或將以小說家的心眼去寫散文了。」（頁八）雖是夫子自道，卻頗能用來對照日後顏崑陽散文風格的變化。

第9號，謝武彰《煙波手記》。這是一本手記體的短文集，全書甚至有數篇僅有一行。謝武彰自承：「希望能夠把詩和散文揉合起來。文體是散文，精神是詩。」（〈後記——江湖夜雨十年燈〉，頁二〇一）而子敏替該書寫的序〈動人的語言照片〉說得更好：「為了珍惜那值得珍惜的，謝武彰的眼睛曾經是攝影機，用感光良好的語言拍下了許許多多的小照片。」（頁一）

第10號，履彊《楊桃樹》。這是小說家履彊的第五部小說集，其中〈楊桃樹〉獲聯合報文學獎，也入選過多部選集，是鄉土小說的名作。該書封底介紹履彊，說他著有「小說《鑼鼓歌》等六集」，應該是錯誤的資訊。當然，如今履彊的著作量早已大大超越當時的數字了。

第11號，向陽《在雨中航行》。當時向陽已是備受矚目的青年詩人，出過兩部詩集（《種籽》、《銀杏的仰望》），也主編過幾本書。《在雨中航行》是向陽第二部散文集，內文分四卷：〈詠舊篇〉、〈手札篇〉、〈書簡篇〉及〈生活篇〉。

其中前三卷的美文多半是大學時代所寫，曾收錄在他的第一部散文集《流浪樹》（一九七九年五月，德馨室出版）。卷四則是出社會之後的專欄作品。這本書頗能看出向陽的轉變，但傷在風格並不一致。

第12號，陳煌《飛鴿的早晨》。這是陳煌第五部散文集，他在「後記」中強調：「這是截至目前為止我最滿意的一本，不僅是字數上做了最大的發揮，更專注地鋪展它的內涵。」（頁二一八）。

在蘭亭書店創辦的最早半年，我就這樣飢渴地饕餮著它出版的每一本書，那是一段難以忘懷的快樂時光！「當代文學大系」十二冊是我高一時獲益最深的一套書，也影響了我後來的人生。日後我繼續追讀其中若干作者，甚至有幸認識了幾位。如今這些作家大半已是文學界重鎮，但在三十幾年前，不過就是年輕的文壇新人而已。

還有一點非常有趣，「當代文學大系」從第二到第十二號，每一冊的書末都附有〈作者寫作年表〉。這些作家都是二、三十歲的年輕人，哪有多少豐功偉業可記述？日後他們仍繼續寫作，絕大部分的著作卻不再有年表。〈作者寫作年表〉是這個書系的特色之一，如今回首，裡面珍藏著這些作家最早期的文學心路歷程，十分珍貴！

「當代文學大系」前十二部裡有八部是散文（含雜文《黃凡專欄》），另有三部小說及一部報導文學。散文的比重大，跟信元老師個人的偏好不無關係。而這一書系的裝幀及編排的水準也相當高，時任該社美編、日後升任總編輯的林柏維功不可沒。這十二部堪稱台灣文學史／出版史上的經典之作，對蘭亭書店來說，也無疑是代表作。

## 接棒的「現代中國作家」系列

眼尖的讀者或許已在前面看到，「當代文學大系」第11號《在雨中航行》與第12號《飛鴿的早晨》的出版日期有前後誤差。若一切正常，《在雨中航行》應出版於一九八三年四月一日，才可能排在《飛鴿的早晨》之前。顯然《在雨中航行》的出版有所延誤。

而比「延誤出版」更糟的是「續稿未到」。蘭亭書店原本打算在一年之內出版二十四本的計畫忽然中斷，該社接下來的三本書分別是：

「現代中國作家」第13號，陳信元編《周作人代表作》，一九八三年五

月二十日。

「現代中國作家」第14號，陳信元編《許地山代表作》，一九八三年六月十五日。

「現代中國作家」第15號，陳信元編《魯彥代表作》，一九八三年七月十五日。

「現代中國作家」的編號數字接續自「當代文學大系」，但一是「現代」、一是「當代」，內涵不同。幾年後我進大學讀中文系，某次課堂上老師在解釋「現代文學」與「當代文學」的差異，我馬上想起這套書，立刻就理解了。

在《周作人代表作》一書書前，信元老師撰寫了一篇〈「中國現代作家」出版說明〉，仍可見其雄心壯志：

> 一九八〇年冬，筆者曾編選徐志摩、朱自清、郁達夫的散文作品，各為一冊。每本書皆包括作者生平事略、著作詳目、作品發表年表等資料，頗受讀者喜愛。「中國現代作家」十二冊，仍然沿襲上述的作法，務期讀者從每本書中，即能全面了解作者的背景資料。書前另選刊作者照片、墨寶

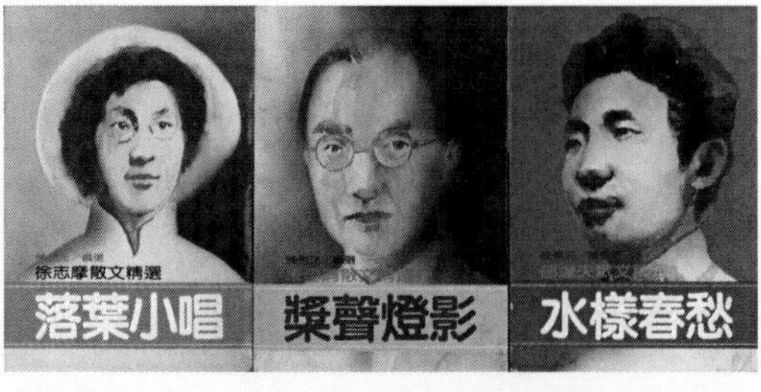

若干，其中如夏丏尊、許地山、豐子愷等人的部分照片，在國內都極為罕見。（頁二）

信元老師所說的「曾編選徐志摩、朱自清、郁達夫的散文作品」，實際指的是他在蓬萊出版社總編輯任內所出的《落葉小唱——徐志摩散文精選》（一九八〇年十二月二十日）、《槳聲燈影——朱自清散文精選》（一九八〇年十二月二十日）及《水樣春愁——郁達夫散文精選》（一九八一年四月二十日）等三書，據知銷售不惡，信元老師一直有意續編。但他預告要編十二冊，最後仍未兌現。

《魯彥代表作》出版後，蘭亭書店沉寂了幾個月，才又推出了以下四本：

「現代中國作家」第17號，陸小曼等著《志摩在回憶裡》，一九八三年十月十五日。

「現代中國作家」第18號，顏開著《詩人郁達夫》，一九八三年十月十五日。

「當代文學大系」第19號，林雙不（一九五〇—）《小說運動場》，一九八三年十月十五日。

「當代文學大系」第20號，林雙不（一九五〇—）《散文運動場》，一九八三年十月十五日。

依版權頁所記載，這四本書的出版日期一樣，但我卻沒有該社曾同時推出四本書的印象。或許它們並非真的同時出版，版權頁上的日期僅供參考吧。

讀者一定也看出，書系編號在中間跳了一號。「現代中國作家」第16號是《夏丏尊代表作》，直到一九八六年一月十五日才出版，仍為信元老師所編，但扉頁加了「秦賢次／指導」的字樣，顯示也有秦先生的助力。「現代中國作家」系列最後僅編成四本：周作人、許地山、魯彥、夏丏尊。

跳號當然是缺失，但更不可原諒的缺失是《志摩在回憶裡》與《詩人郁達夫》這兩本書，乃是影印自其他出版社的舊版本，既沒有重新打字、編輯，連印刷也選了較差的紙張，與前面幾本書並置，「膚色」明顯不同，完全喪失前面諸作的水準。

差強人意的是林雙不的兩本評論集，仍依循「當代文學大系」最先十二部的編輯方式，賞心悅目，書末也附有「林雙不寫作年表」，讓人再度回味「當代文學大系」的鼎盛風華——儘管只是迴光返照而已。出完林雙不這兩本，「當代文學大系」的稱號就退役了。接下來的第21號是陸以霖所編的《情人怨遙夜》（一九八四年九月十五日），書系稱改「蘭亭叢書」。這是一本古典愛情詩詞的賞析，而陸以霖其實就是信元老師。

「蘭亭叢書」繼續出到30號為止，其中最值得一提的是同時推出的第29及30號，鍾肇政的小說「高山組曲二部曲」《川中島》及《戰火》（一九八五年四月十五日），這是台灣文學的巨作。

由「當代文學大系」到「現代中國作家」，再到「蘭亭叢書」，書系名稱不同，但編號數字卻「從一而終」。這是因為以「書系」做為出版方針的概念，在當時並不成熟。在早期，整個出版社就只一個書系，一本接一本出，數字也一直往上增。如今出版社出書，會先考慮該書要放在哪個書系，以書系整體的形象召喚讀者。時代畢竟不同。

附帶一提，前文說到《每日精品》曾多次改變封面販售，我手邊的第四版，書背的標示即改為「蘭亭叢書1」，而非原先的「當代文學大系1」。

# 苦苓與「現代詩叢」

在蘭亭書店第一年，除了「當代文學大系／現代中國作家」之外，還有另一個書系，那就是由苦苓主編的「現代詩叢」。

前文說過，苦苓在《只能帶你到海邊》出版後不久，成為「蘭亭當代文學大系」的編輯委員之一。信元老師委託他主編該社「現代詩叢」，他也十分盡責，邀來劉克襄及焦桐，一口氣推出三本詩集，如下：

「現代詩叢」第1號，苦苓（一九五五—）《躺在地上看星的人》，一九八三年六月一日。

「現代詩叢」第2號，劉克襄（一九五七—）《松鼠班比曹》，一九八三年六月一日。

「現代詩叢」第3號，焦桐（一九五六—）《蕨草》，一九八三年六月一日。

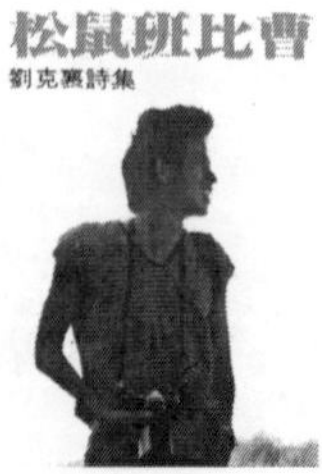

《躺在地上看星的人》是苦苓的第三本詩集，《松鼠班比曹》是劉克襄的第二本詩集，《蕨草》則是焦桐的第一本詩集。詩集一向不受出版社青睞，因為銷量有限，成名詩人的詩集或許有機會回本，但新人的詩集幾乎肯定是賠錢貨。因此，這些詩集其實都是作者自費出書，由蘭亭書店編輯，代為出版而已。

《躺在地上看星的人》及《松鼠班比曹》的書末都附有「作品發表年表」及「作者寫作年表」，應是受到「當代文學大系」編輯方式的影響。《蕨草》的書末則僅有「作品發表年表」。

《躺在地上看星的人》無人寫序，但書末有天洛〈現實與現實之外〉及蕭蕭〈不再緊偎著淋淋的雨意〉等兩篇評論。《松鼠班比曹》則由苦苓寫序，在〈再見劉克襄（代序）〉一文中有這麼一段話，充分顯露劉克襄早年的純真：

不久之後，他送了我一本薄薄的詩集，《河下游》，三十二開，九十八頁，扉頁裡寫道：

『這是我第一本詩集，不能見人。書出來一星期後，我帶著書回台中，賣給了收破爛的，一斤二十塊。本想用汽油燒掉，找不到地點，污染空氣。寄給你，因為你很直，容易得罪人。談起詩，我也很怕你。書收到就好，請你不要翻，有天我會寄一本要你翻的書。這一本寄給你，我是考慮很遠的，萬一我先死了，來不及出第二本詩集。你就委屈翻它，懷念我。』

幸好他沒有先死，我也活到現在，為他的第二本詩集編訂、校對，還要寫序。（頁一一二）

《蕨草》書前則有李瑞騰〈夢土的追尋——焦桐詩集《蕨草》序〉一文，對焦桐充滿期許。

這三本詩集替蘭亭「現代詩叢」打響名號，如今三書都是二手書市的珍品。始料未及的是，此時爆發了一件十分不堪的事。原來《躺在地上看星的人》裡收有一首〈兄弟〉，曾由彭明輝（吳鳴）以〈遙望〉為名，參加由中央日報及《明道文藝》主辦的「第一屆全國學生文學獎」。當時苦苓身為明道中學教師，兼任《明道文藝》執行主編，承辦「第一屆全國學生文學獎」時則擔任初、複審委員，他已不是學生，無緣參賽，身為主辦單位人員，也不該參賽。但他把詩作交給當時仍在就讀東海歷史系大四的彭明輝代為參賽，結果獲得大專新詩組佳作。如果這首詩後來不收進苦苓自己的詩集，則這件事應只有天知、地知及當事兩人知。無奈苦苓將〈兄弟〉（即彭明輝〈遙望〉）重新收回自己的詩集，乃爆發醜聞。

彭明輝是「第一屆全國學生文學獎」的散文、新詩雙料得主。在《簇新的桂冠——第一屆全國學生文學獎作品集》裡，該書編者這樣介紹他：

> 彭明輝從大三才開始寫作，但他的筆名「吳鳴」已在文壇上小有名氣，除了在台灣時報發表作品外，明道文藝推出過他的「新人展」。（中略）他是這次徵文中唯一獲得兩項榮譽的人，也許我們可以說：這就是他堅持寫下去的成果。（頁一五三／頁一九七）

這段文字不無可能出自苦苓手筆。他是裁判兼球員，檯面上是《明道文藝》主編及「全國學生文學獎」複審，以彭明輝為「分身」取得大專新詩組佳作後，再回到編輯的角色讚嘆彭明輝一番。無論如何，苦苓及彭明輝並未受這事件影響，之後文學事業均蒸蒸日上。彭明輝（吳鳴）成為散文家及歷史學者。苦苓仍留在明道中學任教，繼續執編《明道文藝》，當然也承辦「全國學生文學獎」。幾年後他跨足演藝界，深受眾多觀眾／讀者歡迎，直到爆發外遇，人氣才一落千丈，他也因此隱身多年。近幾年他又復出，聲望已不如前。

## 陳克華與《騎鯨少年》

「現代詩叢」後來又編了兩部：

「現代詩叢」第4號，陳克華（一九六一—）《騎鯨少年》，一九八三年六月五日。

「現代詩叢」第5號，蔡忠修（一九五三—）《兩岸》，一九八三年六月五日。

必須說明，這兩本書的出版日期一致，但僅供參考，不可能是正確的日期。原因下文會說明。

蔡忠修曾出版一本詩集《初啼》（一九八一年七月，德華出版），《兩岸》是他的第二部作品。

《騎鯨少年》則是陳克華的初登場，這本詩集後來兩度改版，共計三種版本，在台灣現代詩史上罕見。在蘭亭書店初版的《騎鯨少年》，陳克華的序文寫道：

我寫詩，閉門造車了幾個年頭，到現在愈寫愈有點心虛，直怕是在自己肚臍兒上作文章。當然這也是因為從來不知道有「詩壇」的存在，缺少切磋的關係。我的生活是封閉的，人是自私的；但超凡入聖的人也絕不會想到寫詩。正是因為我時刻與內心糾雜翻騰的慾望為伍，所以我更能夠了解，進而更加尊重，原宥或更加鄙視自己。（中略）

關於新詩，我只能說：還在實驗階段的東西總是特別能引起我的興趣的。現在結集出版，就像交上一份實驗報告，更使我一向的孤芳自賞遭遇無情的考驗。或許很快什麼都湮滅了，但愛就是不問值不值得。這裡要感謝向陽、苦苓、張雪映和林文義先生。還有吳繼文、高上秦先生所給予的，一些虛妄的自信。（頁二）

多麼年輕、純真與敦厚。讀這樣的自序文，誰能料到這本《騎鯨少年》卻令陳克華不堪回首？該書的第二版仍是蘭亭書店所出，書系名稱及編號改為「蘭亭文庫4」，時為一九八六年七月十五日。這本書也有篇〈自序〉：

好高興《騎鯨少年》就要再版了，說是「再版」其實有些於心不安。因為「一版」的存在並沒有幾個人知道：大約是三年前吧，用一筆文學獎的獎金印了五百本——分送到現在已快送完了，是一段噩夢的完結。

為什麼說是「噩夢」呢？

一方面當然是作品太差，實在有點拿不出去。

一方面是印得太壞——封面剛巧是我所痛恨的俗豔的青綠色。封底的作者介紹文字又是太明顯的誇張溢美。至於其他細節，從裝訂到錯別字種種，就在在更叫人傷心了。（頁一）

在同一家出版社再版書籍，卻如此痛批初版本，也真是年輕詩人才幹得出的事。《騎鯨少年》的第三版是二〇〇四年一月的小知堂版本，陳克華為該書寫了一篇長序〈騎鯨傻少年〉，詳盡地說明前兩個版本的始末，尤其是與「詩人」苦苓的恩怨（陳克華在苦苓的詩人二字加了引號）。該文提到苦苓第一次見到陳克華，即向他展示「張雪映的《躺在地上看星星》」及焦桐的《蕨草》二書，並向他邀約自費出版詩集——陳克華的說法是「兜攬生意」。

事實上張雪映從未出過一本叫《躺在地上看星星》的書，陳克華指的應是苦苓的《躺在地上看星的人》。陳克華或許是筆誤，也或許是毫不在乎，不願查證苦苓當年展示的是哪本詩集，畢竟對他而言，這是件不堪回首的事。此外，這件事也可證明一九八三年六月五日不可能是《騎鯨少年》初版本真正的出版日期——因為這個日期僅比《躺在地上看星的人》晚了五天。

在此僅引用〈騎鯨傻少年〉裡與信元老師有關的一小段：

> 但等書一送完，《騎鯨少年》這噩夢也就這樣離我遠去了。八六年「蘭亭書店」老闆陳信元先生卻親自找上了我‧向我表達了願意重新出書的意願。他的誠懇與熱情，讓我初次體會到出書原可以是件多麼愜意暢快的事。這回開本加大了，紙張磅數增加了，封面不再只是雙色套色……（頁四—五）

《騎鯨少年》曾是陳克華難以擺脫的心結，我很慶幸信元老師及時彌補了失誤。另外一提，蘭亭書店後來出版林央敏（一九五五—）的詩集《睡地圖的人》（一九八四年四月五日），封面及書背上均無「現代詩叢」的字樣，封底裡的版權頁也未標示「苦苓主編」，日後蘭亭書店的圖書目錄裡將它納為「現代詩叢」第6

號，但該書實際已與苦苓無關了。

## 永遠年輕的蘭亭書店

蘭亭書店在一九九〇年代之後就悄然無息。如今四十歲以下的年輕讀書人，恐怕多半未聽過該社。

蘭亭書店第一年，是它的巔峰。而任誰都看得出，在「當代文學大系」前十二部出完之後，它就由一家精彩、高品味、受矚目的文學出版社，變成一家很普通、很一般的出版社了。由盛及衰，不過一年。

綜觀起來，蘭亭書店第一年的作者群有個極明顯的特色，就是年輕！以「當代文學大系」前十二部及「現代詩叢」前五部的作者來算，最年長的是三十五歲的顏崑陽，最年輕的是二十二歲的陳克華，平均年齡則是三十一歲多。蘭亭書店無疑是當時年輕作家的搖籃。

在我與信元老師來往的過程中，我知道他對於這篇文章所提到的若干人物有其臧否，但走筆至此，我發現我竟未曾轉述他的任何說法。我該轉述嗎？或許是我心中認為，既然信元老師已經離開，不該趁他不在時替他發言吧。如此一來，這篇文章只能是篇依照書面資料來寫的論述或報導。而這又何妨？我原不過是想寫篇文章懷念信元老師，並感謝他曾創辦蘭亭書店，給予我諸多成長的養分。

我於二〇〇六年七月畢業之後，就沒再回去佛光大學，也與信元老師斷了聯絡。他人生的最後十年，我全然缺席。但我並不遺憾，因為我知道，只要再拿起蘭亭書店的「當代文學大系」來讀，我就會回到高中時的我，也必然會再次想念信元老師。

——刪節版刊於二〇二一年五月《文訊》第四二七期

# 輯二

# 日本文學

# 日本文學的天王與天后——村上春樹vs.吉本芭娜娜

大江健三郎曾經把當（現）代的日本文學分成三條主線：第一是谷崎潤一郎、川端康成、三島由紀夫等孤立於世界文學的集團；第二是大岡昇平、安部公房及大江健三郎自己在內的，向世界文學學習以創造日本文學的集團；第三則是包括村上春樹與吉本芭娜娜等年輕一代，屬於世界性次文化系統的集團。

說村上春樹和吉本芭娜娜「屬於世界性次文化」，或許見仁見智，但將他們兩人歸類於同一文學集團，確是中庸之論。畢竟這兩位當代日本小說界的人氣天王、天后，的確有許多共同之處。

首先，就作品的內容來說，村上和吉本都寫過相同的題材。譬如死亡（當然不是自然老死，而是早夭、猝死或自盡），或毫不避諱地寫性（包括做愛場面及同性戀）。而他們的作品中，也都常出現一些具象徵作用的「卡通型人物」——村上春樹是電視國民、羊男、雙胞胎姊妹，吉本則是變性人和靈媒。

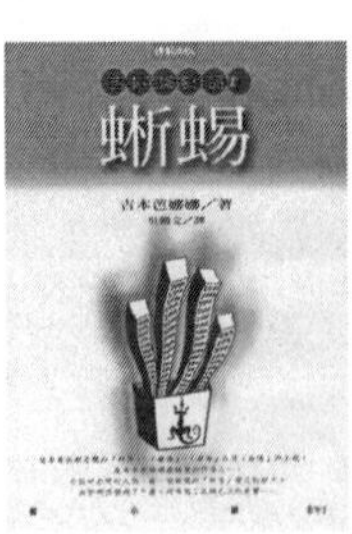


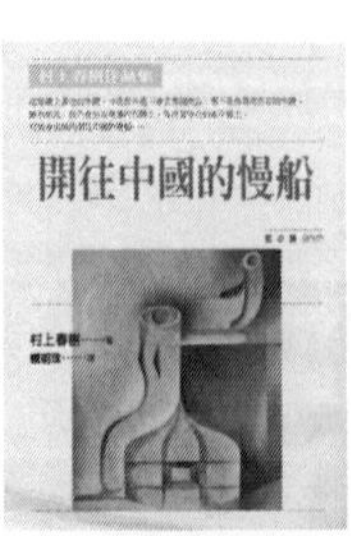

其次，就表現手法而言，吉本和村上的文字都算淺白，富有現代感，節奏輕快——有一種說法是，包括吉本、村上以及寫現代和歌《沙拉紀念日》的俵万智，共同推動了日本文字的「再白話運動」。

最後，當然不得不提他們兩人的作品都深受年輕讀者的喜愛，書店裏的「暢銷書排行榜」鐵證如山——大江幽默地表示，單他們兩人就可銷售出比第二集團還多出兩百倍的書。

然而不可諱言，這兩人之間也有許多大不相同之處。

「性別」當然是兩人之間最顯而易見的差異。巧的是，他們兩人都常用、擅用「第一人稱的寫作方式」（又一個「共通之處」），但一個寫男子，一個寫女人。

「年齡」則是另一個巨大的差異。吉本整整比村上小了十五歲，村上親身經歷的六〇年代，對吉本來說只是歷史。至於村上嗜讀美國小說，吉本愛看少女漫畫，更是兩人的作品中在在洩漏的公開祕密。

有一個關於「電車」的典型例子，恰可看出兩人風格的迥異：

吉本芭娜娜曾應鐵道公司之邀，寫過一篇以「電車」為場景的短篇小說〈新婚者〉（收錄在《蜥蜴》）。在這篇小說中，新婚的主角坐在電車上，錯過了他原本該下的車站，鄰座的乘客由邋遢老翁瞬間變身為美女，向主人翁娓娓細訴人生哲理。在這列不斷前進但卻不知航向何方的封閉空間中，彌漫著一股「超現實」的氣氛。

同樣的電車出現在村上春樹的〈開往中國的慢船〉（收錄在同名小說集）中，卻是再「寫實」不過了。「前中年期」的敘述者（也是小說的主人翁）回憶當年曾和女伴約會，分手時誤送她搭上一班開往相反方向的列車——那是許多人可能有過、或至少易於想像的「共同經驗」，透過這個經驗，讀者因而能與作者共鳴。

不管是吉本或村上的電車，寫的都是大都會的故事（再一個「共通之處」！）吉本的筆法近似寓言或童話，而村上則是一貫的老靈魂（其實並不太老）的「往事追憶錄」。主人翁在上、下車之間，都能若有所悟，獲得某種啟示，完成「啟蒙」的小說任務。但，啟蒙的過程卻截然不同。

村上春樹的作品，在台灣經過出版者的有心經營，即使銷售量還無法與日本本土相比，也已造成一種「村上春樹現象」；至於吉本芭娜娜，雖然這幾年也有一些譯筆不俗的譯本出現，但讀者的反應卻相當冷淡。當然，有些作品受限於語言、文化等隔閡，未必能風行全世界（這樣的例子太多了：俵万智的和歌無法妥善翻譯，而《宮本武藏》出了日本便「大眾」不起來……）；然而，吉本芭娜娜卻絕對是世界性的。在吉本芭娜娜的作品中，我們幾乎找不到任何具「區域色彩」的風俗、文化符碼或語言。吉本小說中的情節、情調、語言以及天馬行空的想像力，雖然偶爾會因為太過新奇而令我們訝異，但卻從來不曾讓人感到突兀。

因此我樂觀地相信：吉本的小說遲早會如日本漫畫一般，受到台灣讀者的喜愛。

至於如果有人要問：「既然有了村上春樹，何必再讀吉本芭娜娜？」我的回答是：當然必須有吉本芭娜娜！因為她跟村上春樹一樣，都是獨一無二、不可取代的！他們在藝術上都達到相當的高度，但他們爬的可不是同一座山！

——一九九九年八月《時報書房》第四期

——節錄發表於一九九九年八月九日《中國時報‧人間副刊》

# 新書與舊識——《人造衛星情人》與《廚房》

時報文化出版公司近日出版了村上春樹最新的小說《人造衛星情人》以及吉本芭娜娜的最早作品《廚房》（當然是新譯本），新舊並列，相映成趣。

先說《人造衛星情人》。人物、語言、情節……，不管從任何角度看，整本書都很「村上春樹」（曾經被《地下鐵事件》嚇一跳的讀者這次可以放心了）。只除了一點較特殊：這是村上第一次用這麼大的篇幅談同性戀。熟讀村上的讀者，當然不會忘記同性愛的場面曾經出現在《挪威的森林》中，不過那次村上淺嚐即止；而這次，他用整整一本書來處理這個問題。

我猜：喜歡及不喜歡這本書的讀者，所持的理由可能是相同的。喜歡的人會認為村上又作了一次漂亮的演出（的確，書中多采多姿的各種「比喻」，是典型村上春樹式的「美文」）；不喜歡的人，則難免抱怨村上春樹重炒自己的冷飯。然而，村上春樹畢竟是個長跑者，在漫長的路途中，碰壁撞牆在所難免，只要他還跑得

書名：《人造衛星情人》
作者：村上春樹
譯者：賴明珠
文類：短篇小說集
出版社：時報文化出版公司
初版日期：一九九九年十一月二十二日

動，觀眾就不必太著急。

吉本芭娜娜的《廚房》，十年前曾經有過「皇冠」的版本（已絕版），對許多吉本迷來說已不算新書。但這本書確實有它值得再譯一次、再讀一次的理由。

現實中，吉本芭娜娜仍然年輕（才三十五歲而已），但她在寫作上成長得很快，讀她的近作，已經感覺不到她的年輕（這當然不是壞事）。《廚房》是她的第一本作品，當然有不成熟之處（許多可開展之處，初學乍練的吉本都只點到為止），但它的年輕、新鮮、元氣淋漓，卻是不容忽視的成就。不管吉本將來如何，這本書在吉本的作品中永遠重要。

村上的《人造衛星情人》是一本似曾相識的新書，溫新可知故；《廚房》則是吉本迷的舊識，改頭換面重新登場，溫故而知新。但無論如何，這兩人深受此間讀者喜愛已是不爭的事實。就像吉本芭娜娜為村上龍的《跑啊！高橋》所寫的〈解說〉中所言：「只要在書店發現他（按：指村上龍）的新作品，我都會興奮地跑向收銀台吧！」對許多讀者而言，村上春樹和吉本芭娜娜就是具有這種魅力——不論是新品或舊作。

——一九九九年十二月十六日《中國時報》

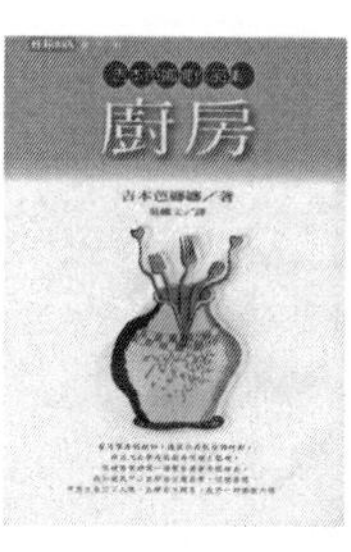


書名：《廚房》
作者：吉本芭娜娜
譯者：吳繼文
文類：短篇小說集
出版社：時報文化出版公司
初版日期：一九九九年十二月六日

# 在嚴重的憂慮中快樂活著——坂口安吾的《白痴》

在坂口安吾早期的作品中，有一篇叫作〈村莊的騷動〉的短篇傑作。這是一篇以落語（日本單口相聲）形式寫成的荒謬故事：一個小村莊裡的兩戶人家，在同一天之內，一家要辦喜宴，一家卻發生喪事，弄得所有村民無所適從。先去弔喪再赴喜宴，必定遭喜家唾罵；喝了喜酒再去問喪，對死者則是大不敬。小說的筆法嬉笑怒罵，但在無厘頭（nonsense）之中，兼融了嚴肅與哀傷。篇末有一句話尤其震撼人心：「活著，在嚴重的憂慮中活到底，是如此快樂的事！」

一九五五年去世，得年僅四十九的坂口安吾，在日本早已是蓋棺論定的一流作家，但很遺憾，多年來國內對坂口作品的譯介僅限於零散的幾個短篇，遲遲未有他的作品譯本出現，最近出版的《白痴》，總算彌補了這個缺憾。

《白痴》共收錄七篇小說，環繞全書的幾個母題是：戰爭（包括戰爭帶來的災難、貧窮與混亂）、性、墮落及瘋狂。坂口在戰時、戰後分別以〈日本文化私觀〉

書名：《白痴》
作者：坂口安吾
譯者：黃鈞浩
文類：短篇小說集
出版社：新雨出版社
初版日期：二〇〇一年一月

及〈墮落論〉震撼日本社會，並提出喧騰一時的「生存吧！墮落吧！」的口號，這本寫於一九四六、四七年的小說集，可以說是他人生哲學的「小說版」。

做為書名的〈白痴〉是坂口膾炙人口的短篇代表作，小說主角身處戰亂，既不愛她身旁的白痴女人，對於拋棄她也不感興趣。儘管對人生的反省頭頭是道，但在現實生活中，他其實是個無力者。故事最後他仍活著（在嚴重的憂慮中活到底！），但讀者掩卷之餘不能不感到一絲淒涼。

坂口寫女人也是一絕，她筆下的女人常是瑪儂（法國小說家普萊沃《瑪儂情史》的女主角）式的「惡德之女」。在一篇〈關於慾望〉的隨筆中，坂口自承：「我喜歡像瑪儂那種天生的娼婦，在她眼裡沒有家庭、貞操的觀念，也就是沒有維護家庭、貞操就是美德，破壞這種美德就是罪惡的觀念。瑪儂所渴望的是豪奢活潑的每一天，陰鬱的生活非她所能忍受。」眼尖的讀者當不難發覺，本書末篇〈千嬌百媚多情女〉的主人翁，活脫便是瑪儂的變奏。

在昭和文學史上，坂口是常和太宰治、石川淳、檀一雄等人相提並論的「無賴派」作家，這群作家對人性、道德的尺度迥異於世俗。我自己在閱讀本書的過程中，則不時想到法國心理學家拉岡的一段話：「人，如果沒有瘋狂，不僅無法被了解，而且不能將自身的瘋狂視作自由的極限，他便不足以被視作為人。」坂口安吾的作品，挖掘人性的幽黯往往逼近瘋狂的邊緣，這是他在文學史上的貢獻，也是他成為日本文學的一片不可忽視的險巇風景的主要原因。像這樣的作品，我們還看得太少，但願《白痴》只是坂口作品一系列中譯的一個起步。

——二〇〇一年五月十三日《中國時報・開卷版》

# 日本兩大小說獎在台灣——談芥川獎、直木獎得獎作品的台灣翻譯情況

眾所週知，芥川獎與直木獎是當今日本小說界最重要的兩項文學獎。芥川獎以純文學小說為對象，直木獎則甄選大眾小說。這兩大獎同時成立於一九三五年，每半年舉辦一次，一九四五年到一九四八年間曾短暫停辦，至二〇〇一年底共頒發一百二十六屆。這兩項獎都不重複頒獎（曾獲獎者即不再考慮），而「從缺」及「二人共得」的情形也曾數度發生，至今（二〇〇二年二月），這兩項獎各頒發過一百多名小說作家、作品。這是一張龐大、豐富的文學名單，從這張名單不難窺得一九三五年以來日本小說發展的大致脈絡。

台灣對於日本小說的翻譯，或稱熱絡，或謂不足。究竟實情如何，對照這兩項大獎的翻譯情形，或許可以探知一二。

就筆者蒐集的資料，一九六九年四月「純文學」出版的《夏流》一書，是第一

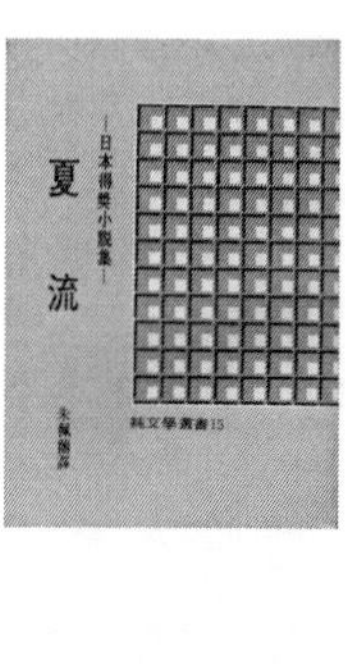

本標榜這兩項大獎的小說集。這本書的譯者是朱佩蘭，封面上有一行「日本得獎小說集」的小字，可視為這本書的副標題。內收五篇小說，包括丸山健二〈夏流〉、三浦哲郎〈初夜〉與〈虹〉、大庭美奈子〈三隻蟹〉、陳舜臣〈青玉獅子香爐〉。其中〈夏流〉獲第五十六屆芥川獎，〈三隻蟹〉獲第五十九屆芥川獎，〈青玉獅子香爐〉則獲第六十屆直木獎；而三浦哲郎是第四十四屆的芥川獎得主，得獎作品是〈忍川〉。總的來說，這本小說集網羅了四位小說得獎者、三篇得獎作。

而最早以「芥川獎」之名出書的，則是一九七二年十月「大地」出版的《芥川獎作品選集》（一、二），這兩本書的譯者均為劉慕沙。兩書收集的作者包括井上靖（第二十二屆）、辻亮一（第二十三屆）、安岡章太郎（第二十九屆）、吉行淳之介（第三十一屆）、小島信夫（第三十二屆）、庄野潤三（第三十二屆）、近藤啟太郎（第三十五屆）、菊村到（第三十七屆）、川村晃（第四十七屆）、後藤紀一（第四十九屆）、河野多惠子（第四十九屆）等十一位；書中所收作品大多即是芥川獎的得獎作品。

《芥川獎作品選集》之後，劉慕沙又在「皇冠」翻譯出版了《祭場》一書，內收三篇芥川獎小說：林京子〈祭場〉（七十三屆）、日野啟三〈那夕陽〉（七十二屆）及阪田寬夫〈瓦器〉（七十二屆）等。這本書並未標明出版年月，只能確定它

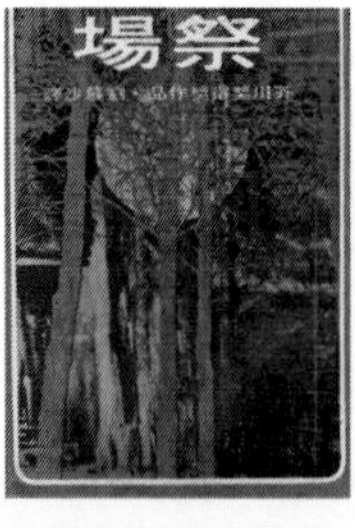

是一九七五年之後出版的，因為「七十三屆芥川獎」頒發於一九七五年上半年。

繼《芥川獎作品選集》及《祭場》，則要等到一九九〇年一月，才有「希代」由傅博編選的《芥川小說》（上、下）及《直木春秋》等書的出現。《芥川小說》（上、下）譯介的作家包括井上靖、吉行淳之介、石原慎太郎（第三十四屆）、開高健（第三十八屆）、大江健三郎（第三十九屆）、三浦哲郎、津村節子（第五十三屆）、大庭美奈子、池田滿壽夫（第七十七屆）、重兼芳子（第八十一屆）、村田喜代子（第九十七屆）等十一位；《直木春秋》則網羅了南條範夫（第三十五屆）、多岐川恭（第四十屆）、野坂昭如（第五十八屆）、佐藤愛子（第六十一屆）、阿刀田高（第八十一屆）、向田邦子（第八十三屆）、神吉拓郎（第九十屆）、連城三紀彥（第九十一屆）、山口洋子（第九十三屆）、林真理子（第九十四屆）等十家。

以上這幾本書，質量俱高。朱佩蘭、劉慕沙、傅博對日本小說在台灣譯介的貢獻，不可抹滅。

但芥川獎與直木獎的得獎作品有時並非中、短篇，而是一本書，如此要編「選集」便不可能。台灣對於單行本得獎作品的譯介，首推一九八七年五月「皇冠」創立的「日本金榜名著精選」系列叢書。這套叢書至九〇年代初即告結束，其出版方

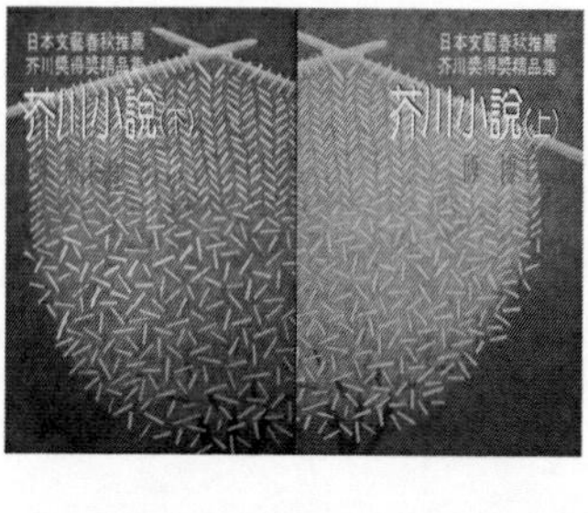

向大致以日本書市排行榜為指標，但其中也出了不少文學獎得獎佳作。其中芥川獎得獎作品包括石原慎太郎《太陽的季節》、村田喜代子《鍋之中》、池澤夏樹《靜物》（第九十八屆）、三浦清宏《長男出家》（第九十八屆）、新井滿《尋人時間》（第九十九屆）、李良枝《由熙》（第一〇〇屆）、瀧澤美惠子《貓婆婆的街》（第一〇二屆）、辻原登《村的名字》（第一〇三屆）、小川洋子《懷孕日記》（第一〇四屆）等；至於直木賞得獎作，則有青島幸男《一個不祥的小女人》（第八十五屆）、胡桃沢耕史《俘虜》（第八十九屆）、連城三紀彥《寫給愛人的信》、林真理子《如果趕上最後一班機》（第九十四屆）、逢坂剛《卡迪斯紅星》（第九十六屆）、常盤新平《遙遠的美國》（第九十六屆）、山田詠美《靈魂音樂・只有情人》（第九十七屆）、阿倍牧郎《最後的樂章》（第九十八屆）、影山民夫《遠海來的COO》（第九十九屆）、西木正明《冰凍的眼》（第九十九屆）、杉本章子《大橋雨中圖》（第一〇〇屆）、笹倉明《異國來的殺人者》（第一〇一屆）、原「尞」《被我殺害的少女》（第一〇二屆）、泡坂妻夫《蔭桔梗》（第一〇三屆）等。成果堪稱豐碩。

「皇冠」之外，「星光」、「萬象」（即「久大」／「花田」）、「時報」、「遠流」、「實學社」都出過一些兩大獎的得獎作，但因為並不集中，引起的迴響不多。至於針對某位得獎作家的一系列作品大力經營的，如「遠流」之於陳舜臣；「麥田」之於渡邊淳一（第六十三屆直木獎）、柳美里（第一百一十六屆芥川獎）；「三久」／「草石堂」之於村上龍（第七十五屆芥川獎）；「九歌」之於高樹信子（第九十屆芥川獎）等，都令人印象深刻。而「方智」的「日本女作家系列」，作者群包括林真理子、山田詠美、小池真理子（第一百一十四屆直木獎）、篠田節子（第一百一十七屆直木獎）、小川洋子等，恰巧都是兩大獎得主，也是一片不容錯過的風景。

整體而言，台灣所出版的兩大獎作品集，有幾點現象值得注意。

第一是「散彈打鳥」。台灣至今尚未出現以兩大獎之名作為書系的系列叢書，所出版的兩大獎得獎作品顯得凌亂無章。相較於「諾貝爾文學獎作品集」，兩大獎作品的企劃翻譯仍有空間。

第二個現象是：曾有過強調兩大獎得獎作品作為書名的譯本，但也有出版社完全不提它的得獎經歷。譬如「萬象」曾出版井伏鱒二《喬恩萬次郎漂流記》（第六屆直木獎）、開高健《國王的新衣》（第三十八屆芥川獎）、北杜夫《在霧夜裡》（第四十三屆芥川獎）等，但皆未說明是得獎作品。

第三，芥川獎與直木獎混雜。關於這點，前文所述的《夏流》一書兼收兩大獎作品，便是最好例證。而「皇冠」的「日本金榜名著精選」與「時報」的「藍小說」也均收兩大獎作品，這似乎也可理解成：出版社對芥川獎與直木獎的不同屬性的區分興趣不大。原則上，芥川獎選的是純文學小說，而直木獎則選大眾小說。當然，直木獎所選的既是「最好的大眾小說」，具備文學高度自不待言，但這兩項在日本涇渭分明的獎，在台灣卻變得界限模糊，也頗值得玩味。

第四，對兩大獎作品的譯介速度仍待加強。台灣對於兩大獎的譯介以速度見長的，大概只有「皇冠」。當年「日本金榜名著精選」曾積極引介兩大獎作品，一九八八到一九九一那幾年，往往日本得獎之後不到幾個月，中譯本即可出版，頗令書迷懷念。如今這樣的盛況已不復見。

最後，當然要說，中譯本遺漏的兩大獎作家作品仍多。芥川獎得主如一九九二年去世的中上健次（第七十四屆），在日本已名列大師殿堂，但在台灣一本譯本也沒有。而安部公房（第二十五屆）、開高健、大江健三郎、宮本輝（第七十八屆）等名家的譯本也都少得可憐。至於直木獎，井伏鱒二、水上勉（第四十五屆）、五木寬之（第五十六屆）、阿刀田高、向田邦子等人都曾有少量譯本，但畢竟跟他們等身的著作不成比例。而以《鐵道員》紅極一時的淺田次郎（第一百一十七屆）在日本後勢看好，「小知堂」出了他兩本書（《月之滴》、《陌生的妻子》），也仍有開發的空間。

芥川獎與直木獎是現今日本小說界的指標性文學獎，雖然有許多小說名家未曾獲得這兩項大獎——如太宰治、三島由紀夫、曾野綾子、村上春樹、吉本芭娜娜等等——且不影響他們的文學成就與地位，但誠如石川達三（首屆芥川獎得主）在一九七一年說的：「還有比它（指芥川獎）誕生更多和更優秀的作家的文學獎嗎？」無論如何，台灣若要更進一步了解日本小說，對於兩大獎得獎作品的譯介應該更加積極用心。而有心經營日本文學的出版社，對此尤其值得思量。

——二〇〇二年二月二十日台北世貿中心「國際書展Fnac講座」講稿

——發表於《二〇〇二年第十屆台北國際書展Fnac專刊》

作者按：轉眼間，這篇文章已是快二十年前的舊作。同樣的題目值得重寫，但非我能力所及。畢竟近幾年的日本文學，我讀得不多。但願有人重寫這個題目。

# 理想的未來日本人的畫像——評村上龍《五分鐘後的世界》

村上龍是魅力獨具的作家，思想開闊、面貌繁複、勇於突破自己。讀他的作品，常有出人意料的驚喜。

坦白講，這本《五分鐘後的世界》不容易讀。小說一開始，主人翁小田桐便面臨卡夫卡《審判》式的困境，既不清楚自己身在何方，也被人質疑身分與企圖。然後是一連串的詢問以及冗長的戰爭場面。讀著讀著，你會感到疲累，而你也知道：不到終卷，謎底不會揭曉。那麼，你要不要讀完它？

答案當然是肯定的。漫長的過程都是為了結局的震撼。村上龍用筆細膩，情節進展因而滯慢，但這點無法妥協。村上龍不是可口的作家，訴求的自然不是閒散的讀者。

書名「五分鐘後」，顯示事情已迫如燃眉。一如歐威爾的《一九八四》，這本書可作「預言小說」解讀；而我覺得更可互參的文本是日本科幻動畫，如大友克洋

書名：《五分鐘後的世界》
作者：村上龍
譯者：張致斌
文類：長篇小說
出版社：大田出版有限公司
初版日期：二〇〇三年七月三十日

（《光明戰士》）跟押井守（《攻殼特攻隊》）。村上龍在本書中巨細靡遺的戰爭場面描繪，也只有從繪畫上的「工筆」來解釋才恰當。

話說回來，村上龍寫這本書時的預設讀者無疑仍是日本人。他念茲在茲的，是日本往何處去？（這一點，村上春樹自《地下鐵事件》之後始有觸及）。他始終想刻畫的，是一個理想的未來日本人的形象。小田桐經百鍊而成鋼，事實上有村上龍的寄寓在其中。

就一個日本作家而言，關懷日本理所當然。但本書既然翻成中文在台發行，本地讀者的接受度如何，就成為作品的另一種考驗。多年來台灣村上龍迷成長有限，這與村上龍小說的主題取向脫離不了干係。本書是村上龍一九九四年的作品，遲至今日才在台灣上場，這當然是讀者的損失。但之所以會這樣，恐怕也有它的客觀因素。

最後我要說，本書附錄的渡部直己氏的〈戰士本色〉十分精采。日本小說（尤其文庫本）向有附錄「解說」的傳統，但中譯本並不必然會翻譯出來。渡部直己的「解說」令人驚艷，有這樣一篇文章在，任何書評都顯得多餘了。

——二〇〇三年八月三日《中國時報・開卷版》

# La dolce vita，甜蜜的生活——評吉田修一《公園生活》

《公園生活》收錄日本新銳作家吉田修一的兩篇中篇小說，兩篇的風格很不一樣。

在閱讀首篇〈公園生活〉的過程中，我一直聯想到費里尼的影片《La dolce vita》。這部電影的中文片名是《甜蜜的生活》（也有人翻成《生活的甜蜜》），很符合這篇小說的氣氛。小說隨時可以結束，也彷彿從未開始；缺乏衝突，情節淡薄到極點。如果讀者想要一個驚奇的故事，讀這篇小說絕對會失望。但作者的敘述語調中，卻自有一股悠閒舒適的魅力。因為這股魅力，小說才得以成就。羽田幸男稱這篇小說為「散文詩」，是很貼切的評語。

小說的主要場景是東京的日比谷公園。文中有這樣的問答：「為什麼大家都到公園來？」「不就想鬆口氣嗎？在公園裡就算什麼都不做，也不會有人管你吧。」這篇小說既然描寫公園生活，恬淡鬆散就顯得恰如其分了。費里尼的《La dolce

書名：《公園生活》
作者：吉田修一
譯者：鄭曉蘭
文類：中篇小說集
出版社：麥田出版公司
初版日期：二〇〇三年十一月

vita》，也是因為掌握了日常生活的甜美氣息才成為經典，至於影片講了什麼故事，其實不太重要。

第二篇小說〈flowers〉就比前作「好看」多了，裡頭有懸疑、背叛、性跟暴力。但它和〈公園生活〉合併一輯，卻毫無不協調之處，反而讓人覺得二者相輔相成。何以故？因為這篇小說寫的也是東京的故事，且是一般人印象中物價高、步調快、生活壓力重的東京。〈公園生活〉的日比谷在這篇小說的對照下，成了避世的桃花源，頗令人玩味。

而〈公園生活〉獲得第一二七屆（二〇〇二上半年）的芥川賞，則是另一件值得玩味的事。眾所週知，芥川賞是日本文學界最受矚目的大賞，對文壇風向有指標性的意義。近年來獲芥川賞者，如川上弘美、辻仁成、柳美里、藤沢周、平野啟一郎等，個個有獨特而精采的面貌，展現平成年代的日本小說活力。日本文壇自大江健三郎獲得諾貝爾獎（一九九四年）之後，時有尋找大師接班人的聲音。許多人慨歎「大師不再」，但從上列的名單看來，對日本小說的未來悲觀似乎毫無必要。

至於吉田修一呢？容我借用平野啟一郎在芥川賞（一九九八下半年）贈獎典禮上談《日蝕》的一段話：「我並不認為這種性格的作品能成為文壇的主流，但它能獲賞使其有了意義。」我倒覺得，〈公園生活〉更適合這樣的說法。〈公園生活〉是一篇精緻的小品，但在芥川賞的譜系中，它的平淡與小格局應該是一特例。

話說回來，當代（日本）小說難道還有戰爭與和平可寫嗎？小說家凝視日常生活，難道就一定比眺望遠方來得目光短淺嗎？再說，芥川賞本來就具有「新人獎」的性格，〈公園生活〉顯露出吉田修一的潛力，獲獎是實至名歸。長跑才剛剛開始，日後走出公園，相信還有一片廣闊的天空。

——二〇〇三年十一月三十日《中國時報・開卷版》

輯三

# 西洋文學

# 遲到的小說家——妮娜・貝蓓洛娃及其作品

並非光就台灣讀者而言，事實上，對整個世界文壇來說，妮娜・貝蓓洛娃（Nina Berberova, 一九〇一－一九九三）都堪稱「遲到的小說家」。

妮娜・貝蓓洛娃的成名歷程是饒富趣味的。她的文學心路源起甚早，年輕時（一九二〇、三〇年代）就曾以俄文出版過詩集、小說集，但並未受到重視，直到一九八五年，她的一本「少作」《伴奏者》以法文版再度問世，才「一夕成名」，從法國一路「紅」回她當時定居的美國，乃至於她的故鄉——俄國。當時她已高齡八十四，從美國普林斯頓大學的俄國文學教席上退休也已十四年，突如其來的名聲，根本是這位早已停筆的老人始料未及的。

要談妮娜・貝蓓洛娃，就不能不提法國的Actes Sud出版社。這家出版社是「發現」這位大師的最大功臣。自一九八五年《伴奏者》使妮娜・貝蓓洛娃一炮而紅之後，Actes Sud便開始有系統地出版一系列妮娜・貝蓓洛娃的作品，至一九九三年年

書名：《伴奏者／黑疵》
作者：妮娜・貝蓓洛娃
譯者：徐錦成、嚴慧瑩、華昌明合譯
文類：中篇小說集
出版社：時報文化出版公司
初版日期：一九九四年十二月

底，數量已高達二十部，包括小說、傳記、自傳、報導文學等各種文類。可以預期的，往後還將會有其他作品陸續「出土」。

一般評論家都肯定妮娜・貝蓓洛娃是「流亡小老百姓的代言人」，但這樣的讚譽其實並無法涵蓋妮娜・貝蓓洛娃的藝術層面。她的作品所關心的，是人類共通的課題：愛的追尋、背叛的誘惑、人性尊嚴的堅持，以及命運的荒誕——那是她最拿手的。而即使說的是「移民」與「流亡」的故事，妮娜・貝蓓洛娃的文學也從來不是吶喊式的。妮娜・貝蓓洛娃本人於二十來歲時出走俄國，自己也是流亡知識分子，物傷其類，按理說下筆絕不能無動於衷，可怪的，她的筆鋒硬是從來不帶絲毫火氣，夠酷！二十世紀寫「移民」與「流亡」的小說家多矣，妮娜・貝蓓洛娃之所以重要，自有她獨到之處。

本書所收錄的兩個中篇，皆從法文轉譯。必須說明的是，由於妮娜・貝蓓洛娃精通法文（她的部分作品甚至直接以法文寫成），因此，她所有作品的法文翻譯，皆經過她本人親自校訂，與俄文原著具有同等的準確性。

《伴奏者》寫於一九三四年，是妮娜・貝蓓洛娃較早期的作品，也是她的成名作。文中三位主角（索呢琪卡、瑪麗亞・妮可拉耶芙娜、帕威爾・費多羅維奇）生命中各有缺憾，三人唯一的共同點，是他們都逃不開命運的擺布。小說的形式是

一本回憶錄，通篇不時有大塊大塊的內心獨白。作者的細膩心思，有待讀者細細咀嚼。這部小說曾在一九九二年由法國導演克勞德・米勒（Claude Miller）搬上銀幕，在法國獲得極大的回響，女主角即是以「夜夜夜狂」（Les nuits fauves）一鳴驚人的荷曼・波琳傑（Romane Bohringer）。「伴奏者」是荷曼・波琳傑所主演的第二部作品，而短短幾年之間，她已成為法國影壇最閃亮耀眼的一顆新星。這部片子在台灣並未上映，但該片的影碟、錄影帶早已在法國出版，有心的讀者應不難找到。

《黑疵》寫於一九五九年，筆法更為老練。故事藉著主人翁一副有黑疵的耳墜子緩緩開展。自然得像呼吸般的敘事腔調，卻造就了十足的小說張力。不但對流亡的小知識分子有鮮活的描繪，對於當時俄國移民的生活的無奈，更有十分具體的刻劃。

以小說聞名的妮娜・貝蓓洛娃，其他文類的表現亦十分可觀，她也寫詩、寫報導文學、寫傳記、自傳等。她對音樂的修養極深，所寫的兩部俄國音樂家的傳記——《柴可夫斯基》、《鮑羅定》——都獲得極高的評價。而她的自傳《我所劃的重點》（C'est moi qui souligne）的法譯本，更曾贏得一九九〇年法國「古登勃文學獎」（Le Gutenberg）年度最佳文獻獎。

這位質量均甚可觀的大師作家，作品早已被翻成二十餘種語言在世界各地出版，如今中譯本終於問世，雖稍嫌晚，但仍應是讀者的一大幸事。

●

妮娜・貝蓓洛娃，一九〇一年出生於俄國聖彼得堡，二十一歲出走俄國。曾在法國待過二十五年。（法國《費加洛報》在她身後遺憾地表示：「法國是個不知將她挽留的國度。」）一九五〇年赴美（自稱是「第二度的流亡」），入美國籍，在普林斯頓大學講授俄國文學直到退休。一九八五年，《伴奏者》的法譯本造成空前轟動，評論家將她與屠格涅夫、契訶夫等大師相提並論。一九九三年九月二十六日，以九十二歲高齡逝世於美國費城。她許多曾經被遺忘的作品陸續被發現，她的文學聲望仍持續上昇，而全世界讀者對這位「遲到的小說家」的興趣也正方興未艾。

——收入妮娜・貝蓓洛娃《伴奏者／黑疵》，為該書〈代序〉

## 完整呈現大師面貌——從妮娜・貝蓓洛娃的法譯本談起

妮娜・貝蓓洛娃（Nina Berberova, 一九〇一－一九九三）的小說終於有了中譯本。這位在去年（一九九三年）以九十二歲高齡逝世的美籍俄裔作家，從少女時代開始，曾經沒沒無聞地筆耕過大半個世紀。使她「一夕成名」的關鍵，是一九八五年一本中篇小說的法譯本——《伴奏者》（L'Accompagnatrice）。

《伴奏者》寫於一九三四年，原文是俄文。一九八五年法國「南方出版社」（Editions Acted Sud）推出這本書的法譯本之前，妮娜・貝蓓洛娃只是一個從普林斯頓大學退休的俄國文學教授，許多人甚至不記得她曾經寫過小說。誰也沒料到《伴奏者》居然在法國一炮而紅，既叫好又叫座。妮娜・貝蓓洛娃從法國一路紅回美國，乃至於她的故鄉俄國。在妮娜・貝蓓洛娃生前的最後幾年，她有幸看見自己的眾多作品透過法譯本被重新討論，進而被譯成各種文字——中文畢竟遲了一步——其中幾部，甚至獲得「經典」的推崇。

妮娜・貝蓓洛娃「走老運」的傳奇故事固然讓人津津樂道，但我認為，更令人感動的應該是南方出版社的專業與執著。

「專業」當然是指南方的慧眼獨具，能發掘一塊蒙塵的碧玉，造福無數讀者。至於「執著」，話就長了。

《伴奏者》的成功，促使南方開始有計畫地整理、翻譯（妮娜・貝蓓洛娃的大部分作品是以俄文寫成）、出版一系列妮娜・貝蓓洛娃的作品。短短幾年間，妮娜・貝蓓洛娃的「出土」作品已高達二十餘部，包括小說、傳記、自傳、評論、報導文學等各種文類。最新的一本是兩個月前（一九九四年十月）才出版的長篇小說《女王》（La Souveraine），而這本小說實際寫於一九三二年。可以預期，往後仍會有其他妮娜・貝蓓洛娃的作品藉由法譯本「重生」。

事實上，妮娜・貝蓓洛娃的著作並非部部暢銷。在她目前可見的作品（法譯本）裡，甚至包括一本枯燥、艱澀的論文——《20世紀俄國的共濟會》（Les Francs-Maçons Russes du XXe siècle）。就商業的觀點而言，出版這樣的書完全無利可圖。南方之所以不計成本、孜孜不倦，說穿了，只不過是為了一個「完整呈現大師面貌」的悲願。

值得更進一步討論的是：南方出版妮娜・貝蓓洛娃，並不只針對她的幾本代表作而已，而是蕪菁俱存、生冷不忌。這樣的出版態度，使妮娜・貝蓓洛娃的幾本劣作也曝了光。許多人擔心南方自砸招牌，但我認為這才是南方令人敬佩之處。善於讀書的人都會同意，要評斷一位作家，光看她（他）的代表作是不夠的，有時候一個作家的敗筆，比她（他）的名作給人更多啟發。先完整呈現一個作家的面貌，我們才能給予定位。

國內文壇曾經流行過多位外國作家的作品，但這些作家的中譯本其實都只限於幾部較出名的代表作，我們並未看見這些作家的全貌。他們當然也寫過一些不那麼偉大（或暢銷）的泛泛之作，但出版商似乎對這些作品興趣缺缺。較特殊的例子是麥田出版社「馮內果作品集」，據說這套書的銷路並不算好，但這樣的出版態度，贏得許多讀者肯定。長期而言，對出版社仍應是「利多」。

妮娜・貝蓓洛娃的小說終於有了中譯本，我但願這只是個開頭，未來會有更多她的作品得以出版，以完整呈現大師的面貌。

——一九九五一月八日《中時晚報・時代副刊》

# 在魔幻中見證藝術——評薩爾曼・魯西迪《羞恥》

魯西迪是當代重要的小說家，成名之作是一九八〇年的《午夜之子》，這是他的第二本小說，獲得英國卜克獎的榮譽。但在台灣（以及世界上許多地方），他最讓人津津樂道的是一九八八年那部涉嫌詆毀回教的《魔鬼詩篇》，以及隨之招致的追殺事件。追殺事件紛擾多年，作家的知名度節節上升，但多年來，我們對他的了解也僅止於這樁事件，《午夜之子》及《魔鬼詩篇》這兩部魯西迪的重要著作中譯本迄今闕如。據了解，後者的譯本曾有出版社計畫引進，但因為風險太高而作罷。（按：此書的日文譯者遭暗殺身亡。）

台灣對魯西迪的認識，應以去年皇冠所出版的《哈樂與故事之海》為起點，這本帶有童話味兒的「故事」輕快易讀，但並非大師的代表作。商務最新出版的《羞恥》也不是魯西迪最重要的作品，但卻是一部較「典型」魯西迪風格的小說。

《羞恥》是魯西迪的第三部小說（一九八三年），就時序看，正好介於《午

書名：《羞恥》
作者：薩爾曼・魯西迪
譯者：黃燦然
文類：長篇小說
出版社：台灣商務印書館
初版日期：二〇〇二年七月

夜之子》與《魔鬼詩篇》之間。這本書的出場人物不可謂不多，但主要角色繞來繞去都是一家人（姻親或血親），從而我們也不妨視之為一部家族史。這種「百年孤寂」式的架構，當然不免令人質疑其原創性。但撇開這點不談，更值得留意的應是這樣的敘事策略是否奏效？事實上魯西迪「魔幻寫實」的筆法在《午夜之子》已獲得普遍的肯定，許多論者因為這本書而將魯西迪與馬奎斯相提並論。《羞恥》故技重施，顯然有魯西迪不得不為之的理由。

儘管敘事者故作試圖撇清的姿態，但此地無銀三百兩，《羞恥》影射巴基斯坦的意圖極為明顯。在明說與不說之間，「魔幻寫實」的手法因此成了魯西迪有必要也最有效的寫法。但現實與神話的融合也考驗著小說家。小說家一方面大揮虛構之筆，對情節的鋪設極盡誇張之能事，一方面又不忘提醒讀者反省現實中的巴基斯坦，何其不易啊！《羞恥》如果不完全成功，恐怕也在於此。

批判現實之餘，《羞恥》另一個重要主題是對於榮譽／羞恥／無恥的辯證。但這個辯證也是落在現實中才有效的。小說反省的，仍是巴基斯坦人的榮譽／羞恥／無恥。

魯西迪生於印度，十四歲移居英國，但因為父母定居巴基斯坦，且自己大學畢業後也曾一度於巴基斯坦工作。不消說，《羞恥》是他孕育多年、不得不寫的題材。而書中穿插的有關移民（者）的論述，當然是魯西迪的夫子自道。這本書在西方出版已有時日，有書評看重書中繁複而迷人的情節，譽為傑作；但也有書評認為作者對巴基斯坦的觀察有待商榷，而對此表示遺憾。但平心而論，這仍是一部精采好看的小說。只是，以三百頁的小說而言，人物、情節都略嫌龐雜。魯西迪相當自豪其作品的精練（《午夜之子》的初稿比定稿長了兩倍，魯西迪大幅剪裁濃縮之後才發表），文字的高密度當然是小說家的藝術，卻也考驗讀者的閱讀能力。讀這本書，需要一點拼圖的耐心，才能在最後享受窺見全豹的樂趣。

無論如何，《羞恥》的出版標示台灣對於魯西迪更進一步的認識。猶記一九八九年時，台灣對於「魯西迪事件」曾有許多荒腔走板的反應，甚至有人認為魯西迪不過是個因碰觸禁忌題材而暴享大名的二、三流作家而已。但魯西迪顯然不是。台灣對於魯西迪的了解太晚，但真的不能再晚了。

——二〇〇二年九月一日《中國時報・開卷版》

# 奈波爾入門書——評奈波爾《在自由的國度》

《在自由的國度》是奈波爾一九七一年榮獲英國卜克獎的力作，形式上是小說集（兩短篇、一中篇），但卻有遊記的內涵。而書前書後各以一篇旅遊日記做為「序曲」及「尾聲」，更突顯出這本書——或者說，這個作者——的特性。眾所週知，奈波爾既是小說大師，也是旅遊文學的佼佼者。書中的兩篇日記，雖是旅行見聞，但亦不妨做小說讀。事實上奈波爾的遊記本不乏小說筆法；而他本人亦不諱言，旅行這項活動對他小說創作上的重要性。這本書的組成體例，乍看之下不夠純粹，其實非常自然。

短篇小說兩篇，都表現出殖民地老百姓力爭「出人頭地」的困境。〈小民〉中的桑托希最終如願（？）成為美國公民，但對他來說，美國顯然不是「自由的國度」。只是，既然已經進入，「想要離開可就不容易了」。而留在原鄉會更好嗎？〈告訴我，要去殺誰〉的敘事者，為了追尋「脫離落後的原鄉」這樣的理想，以致

書名：《在自由的國度》
作者：奈波爾（V. S. Naipaul）
譯者：孟祥森
文類：短、中篇小說集
出版社：天下遠見出版公司
初版日期：二〇〇二年四月三十日

近乎瘋顛；但我們仍無法肯定，相較於這位敘述者，桑托希是更幸運、更幸福的。讀奈波爾，很難不思考這些問題。

全書的代表作，當屬中篇小說〈在自由的國度〉。奈波爾藉著兩位外來者的一趟旅程，帶領讀者觀察一個動亂中（剛剛結束殖民統治！）的某非洲國度。他們沿路抬槓（這是奈波爾冷眼中「知識份子」的專長！），彼此都認為比對方更了解身處之地，但事實當然並非如此，一旦碰到狀況，這兩個白人毫無招架之力。他們不是沒有反省能力，但恐怕真的缺乏了解非洲大陸的能力，因為在這裡，他們永遠是「他者」。

奈波爾筆下的幾個主人翁，形象都栩栩如生，這是小說家的功力。我們很難說哪一個角色是作者的分身代言人，但透過小說，抽掉殖民者之後的殖民地的失序、動亂、貧困與愚昧在我們眼前生動重現。而奈波爾終究是同情殖民主義的嗎？當然不是！只是，奈波爾的作品一貫勇於揭露後殖民時代新興國家的髒污落後，其愛恨交織的矛盾情感確實常落論者口實。

不論是小說或「非小說」（這個名詞用來形容奈波爾的旅行文學特別有趣），奈波爾關心的始終是第三世界新興國家在後殖民時代的處境，這也是為何奈波爾的著作向來被視為印證後殖民理論的最佳文本的理由。《在自由的國度》也是這樣一本「典型」的奈波爾的書。無可諱言，相較於《大河灣》的豐富，《在自由的國度》顯然不及；但換一個角度看，這卻是一本更容易、更純粹的書。

屈指算來，奈波爾引入台灣這三年，已累積了七、八本中譯，小說與遊記平分秋色。拜二〇〇一年諾貝爾文學獎以及近年來熱門的後殖民論述之賜，台灣已累積不少對奈波爾的著作熟稔的讀者。但對那些尚不熟悉奈波爾的朋友，這本融合小說與遊記的《在自由的國度》，無疑是一本認識奈波爾的極佳入門書。

——二〇〇三年一月五日《中國時報・開卷版》

# 書評的功力與自傳的魅力——評柯林．威爾遜《談笑書聲》

《談笑書聲》是一本文學評論集，品評了數十位作家的作品——這是對本書一個正確而正經的描述。但另一種描述或許更正確，也更為有趣：這是一本自傳，一本以「閱讀經驗」為主題的自傳。

柯林．威爾遜（Colin Wilson）是作家，也是文學評論家、讀書家，這樣一個人寫自傳，還有比「我所讀過的書」更好的切入角度嗎？儘管作者宣稱「此書是要敘述我生命中的書，並不是自傳」，但此地無銀三百兩，事實上，這本書談讀書家自己的部分，絕對不比談書的部分少。

讓我們舉例來說，第七章的主題是暢銷的通俗作家傑費利．法諾爾，結尾處威爾遜說他「很感激法諾爾」，幸虧法諾爾，他才找到他妻子這樣一位理想的伴侶，因為他挑選對象的基形來自法諾爾筆下的女主角。結論是：「所以，很清楚的，他（指法諾爾）的作品絕不是像當時所顯示的那樣是對真實世界生活的不健全指

書名：《談笑書聲》
作者：柯林．威爾遜
譯者：陳蒼多
文類：文學評論集
出版社：新雨出版社
初版日期：二〇〇二年十月

引。」

而第十章「性與永恆的女性」本來應該談歌德，但大半篇幅卻是威爾遜個人的性啟蒙史，這乍看之下是岔題了，不過我想威爾遜與讀者都不會在乎。一來是因為這是本書的「體例」，二來威爾遜要談的書跟他本人的經歷分不開，三來則是因為他談自己跟他談書一樣精彩。

這本書的書名原文直譯是《我生命中的書》（The Books in My Life），譯者（及出版社）捨此書名不用，大概是因為同一位譯者（及出版社）恰巧也出過這麼一本同名的書。那本《我生命中的書》的原作者是寫《北回歸線》的亨利・米勒。

談書的書多矣。在西方，毛姆可說是有名的例子。如果要比較毛姆與柯林・威爾遜，不妨這麼說：毛姆的書評比較「無私無我」，他介紹的書當然有他的偏愛，但基本上是公認的偉大作品。但柯林・威爾遜卻是「筆鋒常帶感情」，他開的書單極具個人色彩——在這一點上，威爾遜和亨利・米勒算是同一路——甚至包括幾本冷門書。有些書你讀過，也自有心得，但威爾遜提出的大多是你沒想到的看法。至於那些你還沒讀的書，聽他說得頭頭是道，你絕不會再懷疑這些書或許只是些平庸之作。

「世有伯樂，然後有千里馬。」書評家與書的關係，有時的確是這樣。好書因書評而不寂寞，但書評家能被讀者記住的並不多——也對，讀者記得書評家幹什麼？只是這一次，讀者要忘記書評家變得很難。因為讀《談笑書聲》不只看到一匹匹好馬，也得以認識風趣又豐富的伯樂本人，而聰明點的讀者，更不難從中學到幾招有用的相馬術。

這樣一本好看的「自傳」，本地的讀者無須因為對傳主陌生連帶對此書卻步。而一本以「書評」為主體的書能寫得如此魅力獨具，同樣寫書評的我，只有羨慕、佩服而已。

——二〇〇三年一月十二日《中國時報・開卷版》

# 求道者之歌——評桑傑・尼岡《舞蛇者之歌》

桑傑・尼岡（Sanjay Nigam），一個台灣讀者陌生的名字，但也是今後必須記住的名字。

關於桑傑・尼岡，筆者所知與大多數的台灣讀者一樣有限。只知道他是美國新近崛起的作家，出生於印度，但童年即離開，跟隨父母到美國，在亞利桑那州受教育。而由於他經常有機會回印度德里探望祖父母，使他對他的故國有相當程度的了解。他至今僅發表過一些短篇，以及這部以印度為背景的長篇小說《舞蛇者之歌》。

桑傑・尼岡的印度裔身分，很容易讓人聯想到另一位當代重要的小說家魯西迪。我不知道日後有沒有人會拿他們倆作比較，但如果要比，我要說，桑傑・尼岡比起花俏繁複的魯西迪質樸太多了！

《舞蛇者之歌》相當好看。敘述輕快流暢、文字乾淨明亮（原文如此，譯得也

書名：《舞蛇者之歌》
作者：桑傑・尼岡
譯者：吳美真
文類：長篇小說
出版社：天培文化
初版日期：二〇〇三年二月十日

不錯）、情節推衍層次清楚，作為一部處女作，桑傑・尼岡向我們展示了他在小說寫作能力上的基本功。

但這本書的成就當然不止於此。整部書對於愛、慾、生命與藝術等議題都有相當深度的探究。主角索那拉爾是個以娛樂觀光客維生的吹笛舞蛇人，在觀光客眼中，他是一個乞丐（或乞丐的一種），但索那拉爾深信自己是藝術家。他甚至認為自己的蛇也是藝術家，所以他才會說：「拉鳩跳的舞真是美妙得令人不敢置信，彷彿牠聽到了適合天上諸神聆聽的音樂。」

當舞蛇者體認到自己所從事的是藝術工作，所吹奏的是諸神聆聽的音樂時，舞蛇這件事便成為「道」。是的，舞蛇亦有道，桑傑・尼岡是舞蛇者、是藝術家，但更是個求道者。

小說以索那拉爾咬死拉鳩開頭，以索那拉爾放過另一條脫軌演出的眼鏡蛇終場。這是一個循環，一個像「一條咬住自己尾巴的蛇」一樣的完美循環。小說中間的一切情節，都可視為索那拉爾求道的歷程。而他與妓女黎娜私奔的過程，更是求道者所必經的尤里西斯之旅。

如此說來，這本書是以舊瓶裝入新酒囉？卻又未必。事實上，印度是個深具魅力的國家。西方人看印度，無可諱言時有戴著觀光客眼鏡的嫌疑。桑傑・尼岡以印度為背景寫這部書，固然與他的出身密切相關，但讀者對這本書的興趣，與其中的「印度情調」有否關聯，並不容易辨識。較差的作者處理這樣的題材，難免為了滿足讀者的窺祕而下筆誇張不知節制，但桑傑・尼岡的冷靜，令人印象深刻。

書剛翻幾頁，你還多多少少懷有觀光客的心理，以為印度的舞蛇有多神祕，書中將為你揭開面紗；但到頭來，你讀到的是一部紮紮實實的、舞蛇藝術家的求道之歌。

就這一點來說，《舞蛇者之歌》才堪稱傑作！

——二〇〇三年五月十一日《中國時報・開卷版》

# 漫談法國電影、文學裡的「鼠」

應邀在新春期間參加一場關於法國文學的對談，因為是鼠年，便談了些法國電影、文學裡的鼠的話題。

電影方面，最先想到的就是去年轟動全球的皮克斯（Pixar）卡通片《料理鼠王》。《料理鼠王》的片名原文是《Ratatouille》，指的是法國南部普羅旺斯的一種蔬菜雜燴。Ratatouille以rat（鼠）開頭，只是有趣的巧合。分析起來，這個字可拆成rata＋touille。Rata本意是悶菜、燉菜，是中下階層的伙食；而touille若字尾加上r，便成了動詞touiller，混合、攪拌的意思。因此，Ratatouille等於是一道「黑白煮」。它的做法是把洋蔥、絲瓜、茄子、紅椒、黃椒、番茄、蘑菇……等材料，加上橄欖油一起悶煮。好吃的關鍵在於橄欖油的調理。片中主角小老鼠小米（Remy）也擅長作這道菜。這部片對法國餐飲界的描寫很道地，不過畢竟是迪士尼英語片，不是法國電影。

我倒是看過一部以鼠為主的法國電影，但卻是災難片：《Alerte à Paris》（二〇〇五），直譯是「巴黎警戒」，但台灣片商取名為《鼠禍3：圍攻巴黎》。片子一開始，就是巴黎的收垃圾工人罷工第九天。想想看，巴黎連續九天不收垃圾會是怎樣的狀況？當然是鼠輩橫行囉！該片在巴黎實地實景拍攝，雖說巴黎也有髒亂的一面，但在銀幕上看到堆滿垃圾的巴黎街道，還是很令人震驚。這部片其實是一部德國電影《Ratten, Sie werden dich kriegen!》（二〇〇一，德語直譯：「老鼠們，他們將抓住你！」）的改編重拍，這就是台灣片商引進的《鼠禍大浩劫》。不過引進的並非德語原版，而是英語配音的版本，片名是《Rats》。該片導演Jörg Lühdorff後來又拍了續集《Ratten 2, Sie kommen wieder!》（二〇〇四，德語直譯：「老鼠們2，他們又來了！」），台灣片商取名為《鼠駭》。《鼠禍3：圍攻巴黎》的導演是Charlotte Brändström，且是法語片，與前兩部片並無系列關係，但台灣片商獨具「創意」，在片名替它加上一個「3」，讓它們成為「鼠禍三部曲」。

要談法國文學中鼠輩橫行的場面，那就不能不提卡謬（Albert Camus, 一九一三－一九六〇）的名著《瘟疫》（La Peste, 一九四七）。在這部小說中，鼠疫蔓延在一九四〇年代的北非阿爾及利亞港口奧蘭城（Oran）。阿爾及利亞是卡謬的故鄉，或許是如此，小說場景才搬到那裡。但這也是一種寫作技巧。文評家早有定論：奧蘭城是法國社會的一個縮影。前幾年SARS期間，頗有人推薦閱讀這部小說。我當時也趁機重讀。在SARS期間重溫書中人類與瘟神搏鬥的情節，的確倍感震撼！

大過年的談鼠禍，實在不應景，幸好我最後一個例子稍具年味。那便是拉•封丹（Jean de La Fontaine, 一六二一－一六九五）的寓言詩〈城市老鼠與鄉下老鼠〉（Le Rat de ville et le Rat des champs）。寓言講的是一隻鄉下老鼠受邀到城市老鼠家，享用美味大餐，但用餐的過程中飽受驚嚇，因為城市裡多的是鼠的天敵，包括人和狗。最後鄉下老鼠急著打道回府，因為他認為：城市裡縱有山珍海味，但若用餐時不得安心，那還不如在鄉下粗茶淡飯。——這樣的寓意，倒與中國《菜根譚》有相通之處了。

《料理鼠王》中的Ratatouille本是一道家常菜，上不了宴客的檯面，卻成為高級餐廳的招牌菜。可見所謂美食，決勝的關鍵常在食物之外！相信不管是誰，一生中最好吃的一頓飯，都不是在高級餐廳，而是在家裡。不過現在有些人懶得做（或不會做）年夜飯，除夕夜乾脆全家到餐廳裡解決。這大概就是孔子所說的禮崩樂壞吧！

——二〇〇八年三月二十三日《更生日報•四方文學週刊》第七六五期

# 喬治・西默農在台灣——兼懷胡品清教授

出生於比利時的法文作家喬治・西默農（Georges Simenon，一九〇三－一九八九，或譯「奚孟農」、「西姆農」、「希姆農」）是二十世紀最多產的作家之一，筆耕一甲子，作品超過四百部。他筆下的馬戈探長（Maigret）是偵探小說的經典人物。他的作品近年來在台灣有兩次較具規模的引介。

## 西默農的譯介超過四十年

第一次是詹宏志主編「謀殺專門店」，從一九九七年到二〇〇五年，歷時八年將他心儀的一〇一本推理經典作品出齊。詹宏志的編選原則是：「選擇具有里程碑意義的經典」、「每一位作者不選超過兩本」。像奚孟農（「謀殺專門店」的譯法）這樣的大師當然入選兩本，分別是編號第15的《探長的耐性》及第30號的《雪

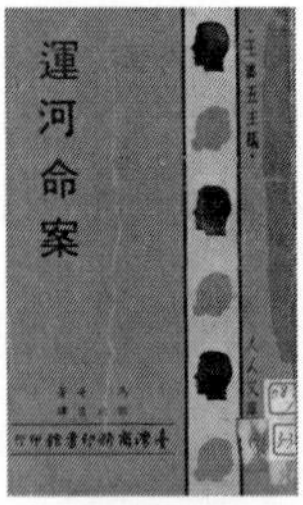

上污痕》。

第二次則是木馬文化開闢了「西默農偵探小說系列」，共出版十二部。第一部是二〇〇三年二月所出的《黃狗》；最後一部是二〇〇四年六月《給法官的一封信》。在十七個月的慘澹經營後，出版社悄然中斷了這個叫好不叫座的書系。「西默農偵探小說系列」也包括一本《雪上污痕》。應是版權的緣故，木馬文化並未直接採用遠流「謀殺專門店」的譯本，而是找人重譯。

在這兩次引介之前，台灣知道西默農的人並不算多，原因當然是譯介得太少。吳錫德教授在替「西默農偵探小說系列」所寫的導讀文章〈西默農與他的「馬戈探長」〉（二〇〇三）的〈後記〉中提到：

「西默農的作品中譯始於一九六九年，書名為《運河命案》（商務人人文庫），據譯者郭功雋語，在出書前的兩年，林語堂在為中央社所寫的一篇散文中，曾特別推介西氏是他『私心佩服』的偵探小說。所以他才興起翻譯的念頭。之後，郭氏又譯了《岔路口之夜》（實學出版）。阮次山譯《貝森夫人》（水牛出版）。一九九八年起遠流出版公司由詹宏志主編的『謀殺專門店』亦選譯了兩本：《雪上污痕》、《探長的耐性》。」（頁十三）

吳教授的說法並不正確。因為《貝森夫人》（一九六九年三月）的出版日期比《運河命案》（一九六九年四月）更早一個月。而《岔路口之夜》並未標明出版日期，但書前簡介卻註記寫於「五十六年三月」（即一九六七年三月）——它極有可能在一九六九年之前出版，早於《貝森夫人》及《運河命案》。此外，《岔路口之夜》的出版社是「實學」，而非「寶學」。

無論如何，即使從一九六九年三月（《貝森夫人》）算起，則西默農在台灣的譯介也已超過四十年了。

## 胡品清教授曾譯西默農

除了吳教授所提的幾本外，我手上還有另五本西默農的譯本，分別是：《催命犬》、《聖費阿克事件》（收錄在《法國當代短篇小說選》頁一一四－一六八）、《探長與殺手》、《人頭》及《探長與竊賊的妻子》。其中《催命犬》即是日後木馬文化「西默農偵探小說系列」所出的《黃狗》；而《人頭》亦即該系列編號第3的《超完美鬥智》。

這幾本書中最特殊的一本，是胡品清教授（一九二一－二〇〇六）所譯的《聖費阿克事件》（也就是《法國當代短篇小說選》）。

我大概是在二十四、五歲時第一次讀了這本《聖費阿克事件》。幾年以後，偶然在比利時新魯汶大學的舊書店找到原著。我心想，既然看過中譯，不妨讀讀原文。讀著讀著，我覺得不對勁，因為記憶裡的中譯本似乎沒那麼冗長，也沒那麼複雜。幾年之後回到台灣，某日我心血來潮想起這件事，便把胡教授的譯本拿來跟原著比對——對照之後，大吃一驚！

光看篇幅就不對！《聖費阿克事件》的中譯只有五十五頁，但原文有一七九頁（Pocket小開本），是完整的一本書。這怎麼可能？

再比對目錄。原作有十一章，但中譯只有十章，第十一章'Le sifflet à deux sons'（〈雙聲的哨音〉）整章被刪除了！

再看內文。看不了幾頁就發現，胡教授是跳著譯的。一些和命案未直接相關的段落，都被胡教授省略了。

簡單一句話：這是節譯，而非全譯。

不用查證，我們也可以相信，胡教授翻譯《聖費阿克事件》並未獲得原作者授權。在那個年代，授權尚非常態。如今版權制度健全，若未經作者同意，譯者並無

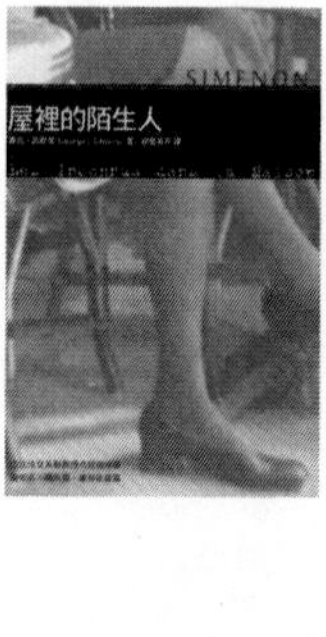

節譯的權利。在書市，我們很難再看到節譯的書。

西默農的推理小說除了命案，還有許多枝枝節節，那是西默農炫耀其博學的場所，也是他的推理小說「不僅是推理小說」的理由。胡教授把這些枝枝節節刪去，只留下命案這條主線，表面上並不妨礙閱讀，但文學作品畢竟並非刑事檔案，這樣的譯法無論如何是種損害！

以《聖費阿克事件》而言，命案的確於第十章已經偵破，第十一章只是生者的餘韻，與命案無關。但這一章正足以說明，「生者如何繼續其生活」才是西默農所關心的。他的推理小說不只是為了破案而已。

胡教授畢生致力於法國文學、文化的譯介，貢獻有目共睹。如今她已過世，她為何如此翻譯這本書，成了一個謎。在《法國當代短篇小說選》的書前有一篇〈譯者的話〉，胡教授說：

> 「我甚至沒有忘記，有許多人愛看偵探小說，於是還附了一個較長的偵探故事。不過，這個偵探故事，有別於一般的偵探故事，其中沒有血泊，沒有槍聲，沒有傷痕。而且，偵探長也是藉心理學和機智破案。」（頁二）

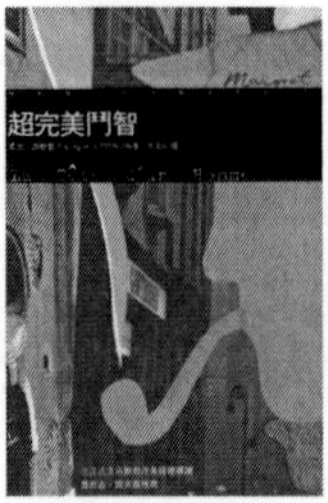

如此而已，再無其他解釋。胡教授甚至沒有提到Simenon的名字——因此我們不知她如何翻譯這三個音節。

## 殘缺的《聖費阿克事件》亦有可觀

就我所知，至今（二〇〇九年十一月）台灣的西默農譯本共有二十二部（詳見附錄）。但若去其重複，並將《聖費阿克事件》算半部，則只有十八部半。西默農是超級多產作家，算起來，台灣的中譯本尚不及其二十分之一！這當然是令人遺憾的事。不過，在木馬文化「西默農偵探小說系列」的失利經驗後，日後的西默農譯本恐怕更不易見到了。

最後記錄一件有趣的事。在本世紀初——也就是詹宏志的「謀殺專門店」已經啟動、但木馬文化的「西默農偵探小說系列」尚未出現之時——我曾把三本西默農（《聖費阿克事件》、《探長與殺手》、《人頭》）借給一位學長。他是推理小說迷，已讀過「謀殺專門店」裡的兩本奚孟農（《雪上污痕》、《探長的耐性》），但很不滿意。我建議他再讀這三本試試。當時我和他都不知道《聖費阿克事件》是節譯。

之後他告訴我：《聖費阿克事件》是他讀過的西默農中最好的一部！

我想我了解他為何欣賞這一本，因為比起西默農的其他中譯本，胡教授節譯的《聖費阿克事件》緊湊多了！這是譯者的鬼斧神工，儘管原作者應不會同意！

——二〇一〇年二月《全國新書資訊月刊》第一三四期

作者按：這篇文章寫於二〇〇八到二〇〇九年之間，至今十三年過去了，沒有增補的必要，因為這幾年的台灣書市未見新的西默農作品推出。文中說到：「在木馬文化『西默農偵探小說系列』的失利經驗後，日後的西默農譯本恐怕更不易見到了。」沒想到一語成讖。唯一可補充的，是二〇一三年二月大塊文化出版《平地國的迷藏花園——你所不知道的比利時法語文學精華》（王炳東編譯）一書，收錄了西默農的兩篇短文：〈他們似乎互相仇恨〉與〈金鼻煙盒〉。

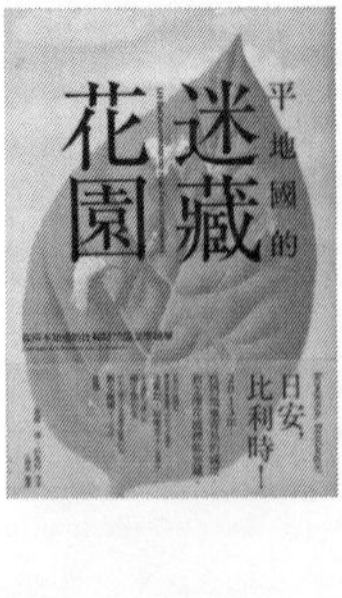

## 附錄：喬治・西默農在台灣之中譯本目錄（依出版序）

徐錦成整理

《岔路口之夜》（"La nuit du carrefour", 一九三一），郭功雋譯，台北：實學，一九六七年三月（？）（按：本書未標明出版日期，但書前簡介註記「五十六年三月」）

《貝森夫人》（"Maigret et la vieille dame", 一九五〇），阮次山譯，台北：水牛，一九六九年三月

《運河命案》（原書名不詳），郭功雋譯，台北：商務，一九六九年四月（按：本書作者中文名誤植為「馬哥」——即書中之探長Maigret）

《催命犬》（"Le chien jaune", 一九三六），龍華譯，台南：王家，一九七五年四月

《聖費阿克事件》（"L'affaire Saint-Fiacre", 一九五九）（收錄在《法國當代短篇小說選》），胡品清譯，台北：中國文化學院，一九八〇年三月（按：本書為節譯）

《探長與殺手》（"Maigret et le tueur", 一九六九），陳蔚青譯，台北：水牛，一九八一年十月

《人頭》（"La tête d'un homme", 一九三一），鄭秀美譯，台北：星光，一九八六年十一月

《探長的耐性》（"La patience de Maigret", 一九六五），闕瑞湘譯，台北：遠流，一九九八年二月

《雪上污痕》（“La neige était sale”，一九四八），葉淑燕譯，台北：遠流，一九九九年六月

《探長與竊賊的妻子》（“Maigret et la grande perche”，一九五五），陳蒼多譯，台北：新雨，二〇〇一年一月

《黃狗》（“Le chien jaune”，一九三六），孫桂榮譯，台北：木馬文化，二〇〇三年二月（按：本書原著同王家版《催命犬》）

《屋裡的陌生人》（“Les inconnus dans la maison”，一九四一），程鳳屏等譯，台北：木馬文化，二〇〇三年二月

《超完美鬥智》（“La tête d'un homme”，一九三一），阮若缺譯，台北：木馬文化，二〇〇三年四月（按：本書原著同星光版《人頭》）

《雪上污痕》（“La neige était sale”，一九四八），楊啟嵐譯，台北：木馬文化，二〇〇三年五月（按：本書原著同遠流版《雪上污痕》）

《我的探長朋友》（“Mon ami Maigret”，一九四九），顏湘如譯，台北：木馬文化，二〇〇三年七月

《看火車的男人》（“L'homme qui regardait passer les trains”，一九三八），張穎綺譯，台北：木馬文化，二〇〇三年九月

《佳人之死》（“La mort de Belle”，一九五二），楊啟嵐譯，台北：木馬文化，二〇〇三年十一月

《雙面路易》（“Maigret et l'homme du banc”，一九五三），張穎綺譯，台北：木馬文化，二〇〇三年十二月


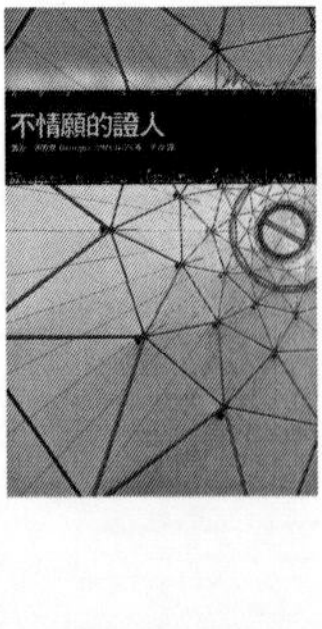

《探長的猶豫》（"Maigret hésite"，一九六八），孫桂榮（逸風）譯，台北：木馬文化，二〇〇四年一月

《小聖人》（"Le petit saint"，一九六五），程鳳屏譯，台北：木馬文化，二〇〇四年四月

《不情願的證人》（"Maigret et les témoins récalcitrants"，一九五九），尹玲譯，台北：木馬文化，二〇〇四年五月

《給法官的一封信》（"Lettre à mon juge"，一九四七），林崇慧譯，台北：木馬文化，二〇〇四年六月

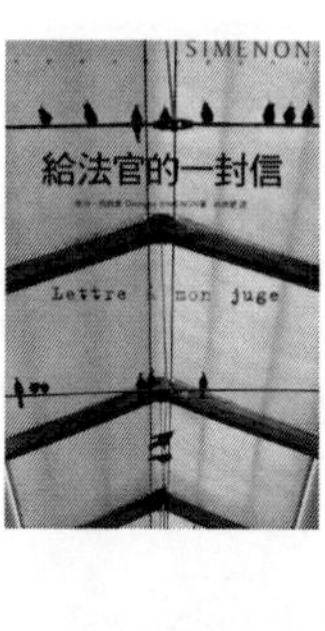

輯四

# 有關運動

# 趣味源自博學——讀《身體文化研究：由下而上的人類運動現象學》

《身體文化研究：由下而上的人類運動現象學》是國際知名學者漢尼・艾希伯（Henning Eichberg）近日在台發行的論文集。艾希伯教授研究領域廣泛，包括運動、身體文化相關的歷史與社會文化研究，他曾多次來台主持專題講座，但本書是他首部在台灣翻譯出版的著作。

儘管本書在形式上是一本學術論文專著，但讀來並不枯燥，反而充滿多種知識相互發明的趣味。艾希伯教授相當博學，龐大的知識背景讓他在進行跨領域研究時顯得舉重若輕、遊刃有餘。

舉例而言，本書第五章〈碼錶、單槓、體育館：十八與十九世紀初期的運動技術化〉，從題目乍看是一篇「考古」式的論文，其實不然。該文由小見大，藉器材的演化談運動技術的發展：器材的發展軌跡並不確定，運動技術的追求卻一以貫

書名：《身體文化研究：由下而上的人類運動現象學》
作者：〔丹麥〕漢尼・艾希伯（Henning Eichberg）
譯者：李明宗、莊珮琪
文類：論文集
出版社：康德出版社
初版日期：二〇一五年二月

之；但運動技術的發展某種程度上依賴器材，故也有其「不連續性」。

再舉一例，本書第七章〈漫遊、迂迴、疑惑：迷宮中的運動〉以迷宮為中心，論及漫遊、漫步、觀光健行等具有「闖蕩迷宮」特質的運動。作者拋出十三個有關迷宮的小故事，環環相扣，帶領讀者思考迷宮的種種可能，極具啟發性。

我讀此書，佩服作者旁徵博引的功力之餘，也不禁想到：「身體文化」比起「運動生物力學」、「運動科學」、「運動醫學」或「運動訓練」等其他運動學門來說，其實更具趣味性、更貼近日常生活，這是這個學門的優勢。這本書雖是一部學術論著，但寫得如此趣味盎然，如果稍加編輯，將它「包裝」成一本科普書，是否更有助於其銷售呢？而國內從事「身體文化」研究的學者也不妨自問，是否可能寫一些深入淺出、兼具理論與趣味的科普書，將「身體文化」這個學門推出象牙塔之外呢？

艾希伯教授特別為這本中譯本寫了一篇〈自序〉，文中期待北方（丹麥哲學）與東方（中國哲學）的對話，但誠如寫〈推薦序〉的許義雄教授所說：「身體文化研究漸露曙光」，國內「身體文化」研究的根基仍淺，現階段我們能做的仍以接受為主，至於真正的對話，還有待有心學者的共同努力。

——二〇一五年三月三十日《台灣時報副刊》

作者按：艾希伯教授（Henning Eichberg, 一九四二－二〇一七）已於二〇一七年四月二十二日因癌症離世。我這篇文章發表於他生前，據知當時莊珮琪教授有翻譯本文大意讓他知道。感恩！

# 運動員要更了解自己一些——讀《運動員的生涯規劃：運動逆轉勝》

一個有志以運動做為終身事業的運動員有兩個戰場，一個很顯然是在喧囂的運動場，那是一個必須全力以赴以贏得掌聲、追求技藝登峰造極的戰場；另一個戰場比較安靜，但同樣險惡，那便是人生的戰場。哪一個戰場比較難打？這是個問題。

如果沒意外，人生戰場的戰果通常是累積的，活得越久，成就與地位會逐步升級，但運動場卻不是這樣。人的體能有極限，體能會隨年歲而衰老、倒退。巔峰在何處？有時匆匆一瞥已成過去，連當事人都不知不覺。正因為要打兩個戰場並不容易，運動員的生涯規劃便成了重要的事。我們曾見過無數偉大的運動員，因為輕忽生涯規劃，導致從運動場上退隱之後，鬱鬱終生，其苦楚不僅個人承擔，連粉絲亦為之扼腕。

書名：《運動員的生涯規劃：運動逆轉勝》
編著者：許立宏、許孟勖
文類：運動員手冊
出版社：冠學文化出版
初版日期：二〇一五年四月

許立宏教授長期關心這個議題，乃結合國際奧會與英國運動組織對於運動員生涯輔導計劃的經驗，再對照國內的現況與案例，與許孟勖君合作編寫了這本《運動員的生涯規劃：運動逆轉勝》，可說是目前較完整的一本運動員生涯規畫手冊。許立宏教授留學英國、專研奧林匹克教育，以「奧運規格」來論述這個議題，取法不可謂不高。

本書有許多運動名家具名推薦，力讚其深刻與實用。說實話，我並非運動員，對於此書實用與否，難予置評。但我雖外行，仍感到此書的深情款款。書中一再叮嚀的，無非希望運動員更了解自己一些，不僅對自己的運動技藝，也對自己的人生。運動生涯總有一天會結束，但若結束那天才開始認真「面對人生」，那就太晚了。作者的苦口婆心，讀者不難感受。

此外，運動事業是一條鏈，從風氣的提倡、選手的培訓、競賽的參與到運動員退休後的出路都不可或缺，而最末端往往最容易被忽略。從這個觀點來看，本書不僅運動員必備，政府相關人員也值得一讀，畢竟大環境的養成，有賴於公部門的眼光與擘劃。積極協助運動員生涯規畫的政府，才是一個重視運動的政府。

本書最末附錄一則集思廣益欄「Are you ready?」，邀請讀者提供具體的的方案與寶貴意見，以便日後改版時增訂。對一部講究生涯規劃的書籍而言，此欄目的設計彰顯出作者的遠慮及力行。的確，這樣一本書值得長期存在於書市，不斷改版更新，提供一代又一代的運動員參考。

——二〇一五年四月十二日《台灣時報副刊》

# 庶民的台灣棒球史——讀謝仕淵《新版　台灣棒球一百年》

謝仕淵重修、增訂的《台灣棒球一百年》取書名為《新版　台灣棒球一百年》，老實說，我覺得很可惜。《台灣棒球一百年》的書名固然好，但加上「新版」二字，不知情的讀者容易誤以為本書只是根據舊作進行少部分的修訂，然後再版而已。但若細讀，便知道謝仕淵花了相當力氣修訂，也加入新的見解，這幾乎就是一本新作，而非「新版」而已。如果有一個新書名，不知道是否更好？

舊版《台灣棒球一百年》初版於二〇〇三年八月（果實出版），是謝仕淵與謝佳芬合著。全書分四章，謝佳芬負責第一章〈登陸台灣——日本時代的台灣棒球〉，而後三章由謝仕淵負責，分別是〈向下紮根——四〇到六〇年代台灣的草根棒球〉、〈攀越巔峰——走向國際的七〇年代棒球〉、〈重返榮耀——八〇至九〇年代的成棒與職棒〉；從篇幅上可知，謝仕淵的篇幅較多，佔了三分之二強。謝仕淵當時仍在讀博士班，而他的博士論文正是研究日治時期的台灣棒球

書名：《新版　台灣棒球一百年》
作者：謝仕淵
文類：運動史
出版社：玉山社
初版日期：二〇一七年十一月

（《帝國的體育運動與殖民地的現代性：日治時期台灣棒球運動研究》，國立台灣師範大學，二〇一〇），該論文也在謝仕淵獲博士學位後再改寫，以《「國球」誕生前記：日治時期台灣棒球史》為名出版（國立台灣歷史博物館，二〇一二年十二月）。這次改版，已獲博士學位的謝仕淵自己操刀日本時代的部分，可說理所當然。

新版《台灣棒球一百年》仍分四章：「日本時代」、「四零到六零年代」、「七零年代」、「八零年代之後」。乍看之下，與《台灣棒球一百年》的架構雷同，但這只是表象而已，實際內容已大幅更新。

新版的內容與初版頗有不同，以台灣棒球的起源為例，初版很明確說出「台灣的第一支正式棒球隊，是在一九〇六年三月，由台灣總督府國語學校中學部（亦即今天台北的建國中學）校長田中敬一主導成立的。」（舊版《台灣棒球一百年》，頁二一）。這當然是正確的說法，也被不少論文引用過。但新版則進一步追問：「誰才是第一個把棒球的台灣人？」謝仕淵認為最初接觸棒球的台灣人，應該是「一九二〇年代就讀公學校的台灣人。」（《新版　台灣棒球一百年》，頁五一）這顯示新版比初版更具台灣意識，一九二〇年代之前在台灣雖已有棒球隊，但球員都是在台的日本人，台灣人還未開始打棒球。事實如此，無須刻意把台灣棒球歷史

往前推。

第二章之後，雖然初版與新版都是謝仕淵所撰，但也有不少更新。最明顯的一點，就是謝仕淵在每個部分最後都點出棒球運動發展的危機。譬如第二章最後新增一節〈連續發展與生態不變：為國爭光成為棒球新定義〉，而第三章最後則新增一節〈「國球」危機：菁英化導致基層棒球萎縮〉，這些新增的文字，都替棒球為何是台灣「國球」做了深度詮釋。官方的棒球史可以冠冕堂皇，但做為一部屬於庶民的台灣棒球史，不能只記錄昔日光榮。

全書的最後一節是第四章的〈逆轉勝：尋找台灣棒球精神〉，該節再度將台灣棒球歷史回顧一次，並舉出嘉農、紅葉與兄弟象，作為台灣百年棒球史的三段具有代表性的「逆轉勝」精神價值。這也是舊版所沒有的。舊版少了這一節，令人覺得結尾匆促；新版有了這一節，有替全書定音的效果。

誠如全書末段所說：「藉由棒球，我們看到台灣人的自信、熱情，以及永不放棄、拚戰不懈的毅力，激勵了資源匱乏的我們，面對艱困逆境、從失敗中再站起來的決心。因此，『逆轉勝』不只是棒球精神的最佳寫照，某種程度更代表著永不服輸的台灣價值。」（《新版　台灣棒球一百年》，頁三二八－三二九）謝仕淵以此結尾，正可證明他寫的是一部屬於庶民的台灣棒球史。棒球在台灣素有「國球」之稱，但這從來不是國家法律所規定，而是民間的俗稱。從庶民觀點出發，比起官方資料更能看清台灣棒球的本質。謝仕淵這部書，最大的價值就在於此。

——二〇一八年二月二十七日《台灣時報副刊》

## 在日常中親近運動哲學——讀鍾芝憶《運動場上的哲學家》

台灣的教育一向不重視哲學。咒罵教改或抨擊執政者，於事無補；有識者早已投入實際行動，補救台灣教育的哲學漏洞。《運動場上的哲學家》的寫作與出版，有這樣的背景在。

《運動場上的哲學家》有個副標題：「高中體育課裡的哲學思考」，標示出本書寫作的最初目的。鍾芝憶任教於高中，以高中生為隱藏讀者，是很自然的選擇。乍看這個副標題，或許有人以為這是本教科書。它的確有教材的功能，但另一方面，它也極適合自學。事實上，面對哲學，大多數成人都還不具高中程度，誰敢小看一本寫給高中生看的哲學入門？

全書分為四章，叩問四個問題，依序為：〈遊戲的想像世界是如何實現的？〉、〈運動員精神可以脫離競賽的本質而生嗎？〉、〈不同的身體姿態投射著不同的身體空間？〉、〈我腦海中可回放的記憶片段有意義嗎？〉。這四個問題都



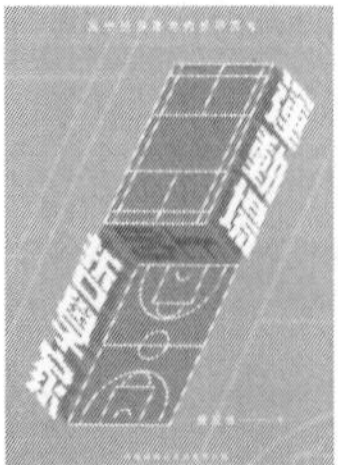

書名：《運動場上的哲學家：高中體育課裡的哲學思考》
作者：鍾芝憶
文類：運動哲學
出版社：開學文化
初版日期：二〇一九年十二月

來自日常生活，因為日常生活中即充滿哲學。

基礎的問題不意味淺薄，恰恰相反，代表重要。鍾芝憶在每一章都分「運動經驗」（提問）、「運動哲學」（解答）、「哲學文本導讀」、「女孩們的閱讀筆記」及「作者的寫作脈絡」五小節來書寫，層次分明，可見作者極力希望讀者讀來不感枯燥的誠意。

但哲學思考往往不斷後設、不斷輻射，何時該將話題打住？對寫作者是個考驗。舉例而言，在首章〈遊戲世界〉中，作者正面肯定「規則」的價值，確實有助於論述「遊戲」的本質；但如果有讀者（如我）想起橄欖球的誕生是源於對足球規則的破壞，則不免對作者將破壞規則者歸咎於「想像力不足」感到意猶未盡。

前文提到，作者以高中生為隱藏讀者，有趣的是本書插入「女孩們的閱讀筆記」的篇幅，作為回饋的文本。原本的隱藏讀者，竟成了共同作者，讓本書的後設性格更加強烈。思考一層並不夠，本書希望讀者務必多思考一層——就像那些高中女孩們一樣。

然而，為何是「女孩」們的閱讀筆記，而非男孩？這應與作者的性別有關，也跟她任教於女子高中（中山女高）有關。她在思考時無法忘懷性別／政治的辯證。女孩丟球，除了討論「丟球」這件事，還得談談「身為『女孩』，該如何丟球？」

鍾芝憶無疑比起男性作者更多了一層思考。據說本書原本邀約一位男性學者來寫，該學者推薦了鍾芝憶。可以確信的是，目前這本書是那位男性學者寫不出的。

運動哲學在台灣並無熱烈風氣，做為一部運動哲學的哲普書籍，本書奠下了基礎。只是僅有基礎，無法成為建築。無可諱言，運動哲學的著作及譯作都有限，還有很長的路要走。未來能否見到一座美麗的運動哲學殿堂，仍有待繼續添磚加瓦。

——二〇一九年十二月六日《台灣時報副刊》

# 從運動員素養到國民素養——讀《奧林匹克素養教育》

因為新冠肺炎（covid-19）肆虐全球，原本預定二〇二〇年八月舉辦的東京奧運宣布延後一年。許立宏與曾荃鈺兩位教授所主編的《奧林匹克素養教育——成功運動員與教練／家長輔導手冊》於今年六月出版，如果有奧運的加持，理當會是一本引起話題之作。但因為奧運延辦，這本書的回響有點不足。

但東京奧運宣布延辦是今年三月間的決定，出版社若要搭奧運的順風車，大可跟著延後一年出版，而本書仍在今年出版，可見出版社及作者有所堅持。畢竟奧運只是四年一次的節慶，而這本書要提醒的，是運動員及所有體育工作相關從事人員該具備的素養。這是終身教育，不是四年提醒一次就夠的。

事實上，中華民國實施奧林匹克教育相當有成。二〇一九年六月，國際奧會主席Bach與國際奧林匹克學院院長Kouvelos頒發代表奧林匹克教育全球推動有功人員獎項的「雅典娜獎」給中華台北奧會，中華奧會成了全球第五個獲頒此獎項的國家奧會。

書名：《奧林匹克素養教育——成功運動員與教練／家長輔導手冊》
主編：許立宏、曾荃鈺
文類：運動員手冊
出版社：五南圖書
初版日期：2020年6月

究竟奧林匹克教育是什麼？國際奧會創辦人古柏坦先生（Pierre de Frédy, Baron de Coubertin，一八六三—一九三七）曾在公開的書信中提到：奧林匹克教育是建立在運動實踐過程中的一種生活原則，這既是追求超越，又講求適度；崇尚自身進取，也追求團隊和諧。每個人都可以透過運動的實踐來發展出平等、博愛、尊重等精神，這就是奧林匹克教育。

目前國內唯一將奧林匹克教育列為校定必修課的學校是國立台灣體育大學，也是本書主編許立宏與曾荃鈺任教的學校。該校自二〇一五年便將奧林匹克教育列為大二必修，該校重視的不僅是學生運動員在場上追求卓越的成就表現，更期望參與者透過學習能夠具備國際觀點、多元文化價值、和平、倫理與美學的概念，達成培育出完整內在人格與健美身心的雙重目的。

據許立宏教授自述：「在過去五年推動此門課的過程中，我們也發現台體大學生們的國際視野的確變得比較寬廣，知識也比以前更豐富。而在思辨相關議題如運動禁藥上，也透過辯論方式讓同學們的邏輯分析能力更提升。」（頁Ⅳ）許教授長期推動奧林匹克教育，他理想中的體育學生都應必修該課程，而這本書中甚至已提問：「奧林匹克精神的培育對象是否不應僅限定於運動員、教練或體育教師，還應包括政府組織的行政人員與普通民眾？」（頁Ⅳ）

《奧林匹克素養教育》全書分為三部分，分別為：「寫給政府與國家奧會：了解最新國際體壇趨勢與台灣運動教育政策接軌」、「寫給教練與家長：運動教練哲學、倫理學在體育中所扮演的角色」及「寫給運動員：選手的思維、心智模式、內在素養，成就你被看見的一切」。乍看之下並沒有寫給「普通民眾」的篇章，但筆者認為第三部分「寫給運動員」很易讀，適合想要對奧林匹克教育入門的讀者。這本書並非一定要從頭讀起，選擇自己有興趣的部分來讀也會有收穫。

是否應將奧林匹克教育推廣為全民教育？答案顯然是肯定的，只是囿於現狀，仍有一大段路要走。一如曾荃鈺老師的感慨：「奧林匹克教育總是在失敗時第一個被提起，順遂時第一個被拋下的東西。」、「全台灣的體育從不認為奧林匹克教育有何意義：它會比運動生理學、心理學重要嗎？它會比國、英、數重要嗎？」（頁二三三）

但無論如何，在朝向奧林匹克素養成為全民教育的過程中，這本書無疑是一座里程碑。期待未來有更多關於奧林匹克教育的書籍陸續出版，讓奧林匹克教育先成為運動從業人員的通識教育，或許終有一天，它將成為全民的素養教育。

——二〇二〇年十月二十一日《台灣時報・藝文天地版》

# 輯五

# 有關電影

# 達太安的女兒？——我看《豪情玫瑰》

首先聲明：這不是一篇「影評」。但我相信，閱讀這篇短文，對於觀賞正在上映的《豪情玫瑰》絕對有幫助。

好吧！我承認寫這篇短文，確實是受到一篇「影評」的刺激。那是王志成先生所寫的〈豪情玫瑰：慢條斯理的古裝劇〉（刊於一九九五年一月十七日，《中時晚報》）。該文認為：「同樣改編自大仲馬的小說」，《瑪歌皇后》的節奏甚為明快，劇力十足；而《豪情玫瑰》則「咬文嚼字」，「死撐起一個拖泥帶水的劍客傳奇」，「整體組合成一部與時代完全脫節的電影」。

若說《豪情玫瑰》的節奏比《瑪歌皇后》來得緩慢，筆者可以同意。但問題是，這根本是兩部風馬牛不相及的影片！

首先，《豪情玫瑰》並非大仲馬原著。這部片子原文叫做《La fille de d’Artagnan》，敘述法國劍客達太安及其女兒的故事，中文片名取得這麼不倫不類，

片名：《豪情玫瑰》（La fille de d’Artagnan）
導演：貝特杭・塔維涅（Bertrand Tavernier, 一九四一－二〇二一）
主演：蘇菲・瑪索（Sophie Marceau）、菲利浦・諾雷（Philippe Noiret, 一九三〇－二〇〇六）
法國上映日期：一九九四年八月二十四日
台灣上映日期：一九九五年一月

也許是為了呼應曾經上映過的《豪情三劍客》。在法國歷史上，達太安確有其人，他曾在路易十四的時代擔任過宮廷的騎兵隊隊長，最後官拜旅長，死於戰役中，有關他的傳說故事、稗官野史甚多，最有名的當然是大仲馬的歷史小說《達太安三部曲》——《俠隱記》（或譯《三劍客》）、《續俠隱記》（或譯《二十年後》）及《波治倫子爵》。但「達太安的女兒」卻純屬子虛烏有，不但史無其人，大仲馬也不曾創造過這樣一號人物。換句話說，《豪情玫瑰》是根據「原著劇本」拍成的，與大仲馬無關。

其次，《豪情玫瑰》不折不扣是一部「劍俠片」（le film de cape et d' épée）。法國的「劍俠片」有其源遠流長的傳統，相當於我們的「武俠片」。幻想、娛樂的成分在這類型電影中佔有相當重要的地位，這類影片先天上就很難「反映現實」，後天則更不以「呼應時代」為目的，「借古諷今」的佳作可說難得一見。

總之，《瑪歌皇后》是一部改編自小說名著的「歷史劇」，雖然描寫法國的宮廷鬥爭，但因為具有普遍的人性、權力慾刻劃，即使對法國歷史一知半解，也不難領略該片的精采。至於《豪情玫瑰》，我建議大家不妨用看「西洋武俠片」的心情去欣賞，不必苛求它「反映現實」（這種片「與時代完全脫節」一點都不用大驚小怪），也別要求它能有《瑪歌皇后》的觀點與深度。把目光多投注在該片演員的騎術與劍術，肯定會比汲汲尋找片中的啟示或意義有更多收穫。

追根究柢，王志成先生之所以有這樣離譜的誤解，我想可能是受到片商在廣告上打出「法國文豪大仲馬小說改編」的影響。對於一個曾經在《米娜的故事》片尾插播周慧敏歌曲的片商，我們實在有理由懷疑這樣的廣告標語別有用心。法國片在台灣的影迷尚屬少數，許多佳片（如《米娜的故事》、《極度疲勞》、《我行我素》）的票房都慘不忍睹。片商在慘澹經營中仍持續引進法國片，服務觀眾的誠意我們不應抹煞，但如果能對影片本身多一些專業的尊重，不誑打廣告、不在片尾插播國語歌，相信更能贏得觀眾肯定。

——一九九五年一月二十五日《中時晚報・時代副刊》

作者按：這篇文章發表時，《豪情玫瑰》正在台灣的戲院上映。該片下檔後，發行錄影帶VHS，封面依然大字寫著「法國文豪大仲馬小說改編」。目前市面上仍找得到該片的DVD，說法始終不變。看過該片的台灣人，絕對比看到我這篇文章的多得多。因此，對許多台灣人而言，大仲馬真的寫過「達太安的女兒」。無可奈何！

# 青春的愛戀，是一齣喜劇——看《五月之戀》

回想這幾年所看的幾本當紅的青春戀愛小說，幾乎都是讓人喘不過氣的哀傷故事。尤其是日本翻譯小說，從村上春樹到片山恭一，百分之百的戀愛小說裡有百分之百的青春苦悶。青春的愛戀固然可能有苦澀的一面，但如果一整個世代的愛情是以這樣的面貌呈現，想來也挺恐怖。

國片近幾年拍得不多，以青春世代為題的片子更是少見。徐小明導演的《五月之戀》恰巧便是一部青春的愛情片，尤其難得的是，片子看來十分愉快。

青春的愛戀，原本就該是一齣喜劇吧！

幫偶像音樂團體「五月天」管理網站的阿磊，冒名歌手之一阿信與哈爾濱的歌迷瑄瑄通了三個月的E-Mail。之後，瑄瑄恰巧有機會來台，要求與「阿信」見面，謊言理所當然地拆穿。

面對真相很令人難堪嗎？並不會。因為青春是一齣喜劇，瑄瑄當下就原諒了阿

片名：《五月之戀》
導演：徐小明
監製：焦雄屏
編劇：黃志翔
主演：陳柏霖、劉亦菲
台灣上映日期：二〇〇四年七月

磊。她甚至說：「早就想到你是冒牌的。」事實上，瑄瑄也從未告知「阿信」自己是哈爾濱人，給「阿信」的信件（私人日記）裡更經常虛構自己在台北街頭晃蕩的情節。網路生活是虛擬的，這一點，阿磊和瑄瑄其實早有共識。

兩人也都知道，虛擬的三個月抵不上真實世界的一天。瑄瑄要求阿磊陪她到三義看五月的油桐花，愛情由此滋長。兩人在三義私闖民宅、遭警察追逐，也都以喜劇手法處理。電影院裡觀眾看得哈哈大笑，連阿亮和舜子在戲中驚鴻一瞥，都變得恰如其分。

當然整齣戲不是沒有哀傷的成分，但卻巧妙地被「上一代」概括承受了。田豐所飾演的老爺爺，在解嚴之前，想回東北老家而不可得。定居三義，只因為五月的油桐花可以讓他懷想故鄉的雪景。但這畢竟是上一代的悲劇。這一代的年輕人，要去哪裡都自由自在。旅行在這一代人的生活中，早已是常態。

而愛情的確是需要旅行的。世界的中心在哪裡？有愛情的地方就是！所以哈爾濱的瑄瑄必須遠道來台跟阿磊相認。網路上的「阿信」畢竟只存在於虛擬世界，愛情還是回到現實生活才找得到。

阿磊當然也必須去一趟東北，才能回報瑄瑄的愛情。但或許是為了給一個驚喜，在去哈爾濱之前，阿磊並沒跟瑄瑄約好。到了那裡，才發現瑄瑄不在。看校門口的告訴他，瑄瑄也許一天兩天、也許十天半個月才回來，沒個準兒。愛情，畢竟要有點障礙才精采吧！

阿磊等了幾天，直到最後期限，不得不離開。搭上往機場的巴士後，瑄瑄才騎著腳踏車追上來。瑄瑄為了展示那幅油桐花的畫，放開雙手騎車那一幕，浪漫到了極點。不料在一個慢動作之後，螢幕竟轉成全黑。我心裡嘀咕：片子莫非要以此收尾，留給觀眾淡淡的哀愁？

但且慢！螢幕重新亮起，阿磊的巴士倒退了，他下車看著狼狽摔車的瑄瑄，神情彷彿在說：誰教你耍帥來著？

觀眾在最後一幕再次被逗樂。不是說過嗎？青春的愛戀，就是一齣喜劇！

——二〇〇四年七月二十五日《中國時報・人間副刊》

# 男性的示愛——《投名狀》、《刺馬》與金馬獎

陳可辛導演的《投名狀》是去年（二〇〇七年）年底公映的大片，當時討論的文章很多。過了大半年之後，浪頭本來已經退去。但金馬獎提名揭曉，加上陳可辛到台北演講製片經驗，《投名狀》又勾起不少人的回憶與注意。

我回想《投名狀》上映時所看到的影評，記得許多人提到陳可辛這部片本意是向張徹的經典影片《刺馬》（一九七三年）致敬，但真正將兩者深入比較的並不多。這個現象頗有趣，我猜想可能有兩點原因。

第一，陳可辛已表示過，《投名狀》並非翻拍張徹《刺馬》。事實上《投名狀》從策劃到開拍，都是以《刺馬》為片名，拍攝到一半才決定改名。但即使該片最後定名為《刺馬》，也不見得就要將它視為張徹舊作的重拍。因為「刺馬」本來就是歷史事件，是清朝四大奇案之一。張徹能拍，陳可辛當然也能拍。這就像高陽的《胡雪巖》膾炙人口，但其他人再寫「胡雪巖」，不見得就是要跟高陽較勁。而

若有電視、電影拍攝《胡雪巖》，也不必然就是高陽名著改編。不過陳可辛對《刺馬》的確推崇備致，認為該片是張徹最好的作品。

第二個原因就有點八卦了。那就是當時台灣適逢總統大選，兩岸三地共同矚目。現任總統馬英九當時是候選人。「刺馬」一詞太過敏感，電影公司為了避免不可預測的麻煩，因而改名。《投名狀》的主人翁是龐青雲，「刺馬」變成「刺龐」。名字一改，提「刺馬」的人果真少了。更八卦的說法，是陳可辛聽從台中市長胡志強的建議才改片名。這次金馬獎頒獎典禮選在台中市舉行，也是一件巧合。

●

回到《刺馬》與《投名狀》這兩部片。既然兩部片來自同一題材，要將兩者相提並論，無可厚非。其實那樣的影評也已經有了。這裡我想提供另一個思考。

《刺馬》或《投名狀》都歌頌男性情誼。男主角有三位（《刺馬》是狄龍、陳觀泰、姜大衛；《投名狀》則是李連杰、劉德華、金城武），但嚴格說起來並沒有女主角。不論是《刺馬》的米蘭（井莉飾）或《投名狀》的蓮生（徐靜蕾飾），都是配角而已。

眾所週知，張徹是以陽剛風格著稱的導演，他的影片若缺乏男女愛情的畫面，也不令人驚訝。平心而論，《刺馬》裡的愛情場面並不夠味。譬如米蘭在溪裡跌倒，馬新貽（狄龍飾）擔心她溺水而奮勇上前搭救，以致於兩人全身溼透。這一場戲便拍得極為僵硬。選錯場景也是失敗原因。溪水尚不及膝，馬新貽的搶救怎麼看都有點做作。

而陳可辛與張徹最大的分別，是陳可辛是擅拍愛情電影的導演。從《雙城故事》、《金枝玉葉》、《甜蜜蜜》到《如果・愛》，陳可辛早已建立他的愛情文藝片口碑。《投名狀》是陳可辛的嘗試，挑戰自己以往並不擅長的類型。

蘇州城圍城一年，攻城之前，趙二虎（劉德華飾）潛遁入城去刺殺城主，生死未卜。城外壕溝裡，龐青雲（李連杰飾）緊繃著臉向蓮生（當時仍是二虎的女人）說了一句：「如果我能活下來，娶你！」在《投名狀》三碟版ＤＶＤ裡，附有導演的隨片解說。陳可辛說他在戲院裡看了兩次。兩次的觀眾都在這句對白上笑出來，令他大惑不解。

我在戲院初看這部片時，也覺得這句對白挺彆扭，但還不至於笑出來。後來再看，就覺得這一段極為悲哀。因為龐青雲畢竟是從死人堆裡活下來的人（這個背景是《刺馬》的馬新貽所沒有的！），怎麼可能溫柔地談情說愛？如果龐青雲的示愛給人僵硬的感覺，我想絕非李連杰演技不佳，而是陳可辛有意讓它僵硬。這個神來之筆是導演拋棄自己的強項才造就的（要拍愛情戲，還難得倒陳可辛嗎？）。觀眾若只看到表面的不協調而覺得可笑，就太可惜了！

●

《投名狀》是一部耗資龐大的跨國合作鉅片，全片動用了一千四百位工作人員。在今年四月的第二十七屆香港電影金像獎典禮上，它囊括了包括最佳影片、最佳導演、最佳男主角（李連杰）在內的八項大獎。在最佳影片揭曉之前，頒獎人許冠文說了一段話，大意是電影並非光靠砸錢就會有好成績，更重要的是創意。只要創意夠佳，小成本也能拍出好片。他並說出五部入圍影片的各自耗資。其中投資最少的是許鞍華導演的《姨媽的後現代生活》（據說該片男配角周潤發看許導演面子，僅收象徵性片酬）；而耗資最大的，當然是《投名狀》。五部影片，成本不一，但都是好片！

許冠文的話很有道理，但最佳影片揭曉，得主是《投名狀》。這或許也可解釋為：成本雖非影片好壞的絕對因素，但成本大者，贏面通常不會小。

這次金馬獎提名，《投名狀》入圍十二項，緊接在後的是入圍九項的當紅話題作品《海角七號》。就電影工業的角度，《投名狀》與《海角七號》可說是大片與小品之分。但若從藝術觀點，便各有千秋。而這個「各有千秋」，也因為兩者類型的南轅北轍，變得無從比較。

不論是跨國製片的規模或拍千軍萬馬的大場面，《投名狀》都是陳可辛導演歷程中空前重要的一章。如果評審欣賞陳可辛突破自我，很可能得獎者就是《投名狀》。但如果有感於《海角七號》在國片史上締造奇蹟，則《海角七號》掄元也合情入理。當然，亦不能排除另有黑馬出線。

說到底，競賽總是「一家歡樂幾家愁」。得獎與否，還是需要三分運氣！關心的影迷，不妨把金馬獎當作一場好戲來欣賞。

——二〇〇八年十一月三十日《更生日報‧四方文學週刊》

# 黑澤明電影的教科書——讀焦雄屏《黑澤明：電影天皇》

說焦雄屏老師的新作《黑澤明：電影天皇》是本「教科書」，毫無貶意。一來焦老師（電影界大多如此稱呼她）確實是位電影學者兼教育家，二來黑澤明（一九一〇－一九九八）的電影一向是電影系學生必看、必學的教材。

焦老師的著作及譯作，有許多部原是為了教學才寫出、譯出。猶記一九八〇年代她剛從美國念完書返台，在文化大學戲劇系影劇組任教，採用路易斯・吉奈堤（Louis Giannetti）的《認識電影》（Understanding Movies）為教科書，無奈學生普遍英文不佳，上課進度遲緩，焦老師為了教學方便，索性親自動手翻譯此書。《認識電影》後來成為遠流出版社「電影館」叢書系列的第一部，開啟國內電影書（包括著作與譯作）的出版風氣，電影教育在文字論述上的缺口也得以補足完整，台灣電影人（包括電影科系的學生）最先受惠，進而惠及兩岸三地。近三十年來因讀了焦老師的書而「認識電影」的華人，難以計數。

書名：《黑澤明：電影天皇》
作者：焦雄屏
文類：電影評論集
出版社：蓋亞文化
初版日期：二〇一九年二月

多年來焦老師著述不斷，很高興又看到她的新著《黑澤明：電影天皇》。黑澤明畢生共執導三十一部影片。本書共十六章，除了第一章〈電影天皇的創作——思想、美學、技法〉做為「緒論」外，其他十五章共剖析黑澤明的十五部名作，等於黑澤明的一半電影。這十五部片始於《酩酊天使》（一九四八），原因在於這是黑澤明首度擁有全權指導機會的影片，之前所拍的幾部片，或多或少都有向現實妥協的片段。而《酩酊天使》也是黑澤明與巨星三船敏郎（一九二〇－一九九七）首度合作的影片，之後兩人合作了十七年，共十六部影片，最後一次合作是《紅鬍子》（一九六五）。

黑澤明是全方位的導演，他拍攝前參與劇本撰寫，拍攝後親自剪接，對於美術、攝影、表演……等，也常有突破性的創新發明，並成為日後電影人遵循的準則。焦老師評論黑澤明的電影，因此也是全面性的。她往往先說明該片的故事由來，劇本如何完成創作？有哪些特別的導演美學必須注意？在影史上如何承先啟後？乃至於該片有哪些八卦也不忘帶上一筆——譬如黑澤明出外釣魚，回家後才知道《羅生門》（一九五〇）得了威尼斯金獅獎。著墨面面俱到，不得不佩服焦老師的博學。

當然，焦老師的博學來自於她的用功，她在本書中自承：「早先我們都只有

Donald Richie這位日本通寫的資料，近年許多人的回憶錄陸續出版，諸如野上照代的《等雲到》、攝影師宮川一夫的《攝影備忘錄》、編劇橋本忍的《複眼的映像》，還有副導田中德三《電影的幸福時光》等，才讓大家還原黑澤明拍片的若干處境。」（頁五十三）可見焦老師的論述有所本，這也是學者應有的嚴謹。事實上焦老師也曾面見黑澤明數回，她視之為「畢生的榮耀」（頁七十七）。

黑澤明的影片我幾乎都看過，有幾部還看過多遍。一開始我以為不必重看黑澤明，便能讀完這本書。但讀不了兩章，我就忍不住把家中所藏的DVD找出，一邊重看黑澤明，一邊參照焦老師的論述。焦老師對黑澤明極熟，所以常有交叉比對後才有的心得。譬如她說：

「數字、時間，常常是黑澤明寫實手法的一部分，這些都是生活的一部分，馬虎不得。在《美麗的星期天》中，貧窮的小倆口一共只有三十五元，連觀眾都一路幫他們算計，現在用了多少……《野良犬》中，小警察掉了槍，他也急著數外面偷槍犯案者用了幾顆子彈。《七武士》中，大武士勘兵衛製了地圖，旁邊畫了四十個圓圈代表山賊，觀眾也幫忙算著，每次消滅幾個……《生之慾》中，渡邊浪費了三十年，真正活過來的只有五個月。這些數字對

比又殘酷也動人。」（頁七十七）

焦老師在本書中最後分析的一部電影是《夢》（一九九〇），在這章中，焦老師寫道：「黑澤明老了，但電影史像他這種分量的大師，屈指數不出五個。……沒有人再與他平起平坐，巨人望著腳下的後輩，永遠懷念當年可以這裡探探溝口組、那裡去小津組幫幫忙的年輕日子。但那樣的日子和那樣的世界隨歷史消逝了！留下的只有夢。回憶、焦慮和maybe，他謙遜地面對浩瀚宇宙，想像極樂世界和期待。」（頁二二一—二二二）這段文字充滿溫情，不難看出她對黑澤明的一份尊敬與不捨。

我跟隨焦老師這本書重看黑澤明，深覺對黑澤明電影的理解提高不少。這是研究黑澤明電影的祕笈寶典，值得電影科系學生人手一冊。

——二〇一九年八月《文訊》第四〇六期

語言文學類　PG2678　Viewpoint60

# 時間的灰燼
## ——現代文學短論集

作　　者 / 徐錦成
封面內文插圖 / 徐錦慧
責任編輯 / 石書豪
圖文排版 / 蔡忠翰
封面設計 / 蔡瑋筠

發 行 人 / 宋政坤
法律顧問 / 毛國樑　律師
出版發行 / 秀威資訊科技股份有限公司
114台北市內湖區瑞光路76巷65號1樓
電話：+886-2-2796-3638　傳真：+886-2-2796-1377
http://www.showwe.com.tw
劃撥帳號 / 19563868　戶名：秀威資訊科技股份有限公司
讀者服務信箱：service@showwe.com.tw
展售門市 / 國家書店（松江門市）
104台北市中山區松江路209號1樓
電話：+886-2-2518-0207　傳真：+886-2-2518-0778
網路訂購 / 秀威網路書店：https://store.showwe.tw
國家網路書店：https://www.govbooks.com.tw

2021年12月　BOD一版
定價：280元
版權所有　翻印必究
本書如有缺頁、破損或裝訂錯誤，請寄回更換

Copyright©2021 by Showwe Information Co., Ltd.
Printed in Taiwan
All Rights Reserved

讀者回函卡

國家圖書館出版品預行編目

時間的灰燼——現代文學短論集 / 徐錦成作. -- 一版. --
臺北市 : 秀威資訊科技股份有限公司, 2021.12
面； 公分. -- (語言文學類 ; PG2678) (Viewpoint ; 60)
BOD版
ISBN 978-626-7088-03-6(平裝)

1.文學評論 2.現代文學 3.世界文學

812 110019512